# JURIJ BRĚZAN

Domowina-Verlag

# Die Jungfrau, die nicht ins Bett wollte

Volksmärchen
der Sorben
übertragen und
neu erzählt

*Vorwort*
*und Zwischentexte:*
*Jurij Brězan*

Die Waldschänke «Schluckschnapp» lag mitten in den großen Wäldern. Sie stand schief da, halb zerfallen, und drinnen war es dunkel wie im Fuchsbau. Sie hatte zwei Türen, eine vom düsteren Wucherwald und eine von der lichten Heide her. Der Wirt war ein alter zerzauster Kauz, der am Tage kein Wort sprach und in der Nacht nur wenige, er hieß Ratzepur.

Seine liebsten Gäste waren Märchen. Sie kamen durch die eine oder die andere Tür, waren leicht oder gewichtig in bunter Folge. Ratzepur trug die leichten wie die gewichtigen in sein Gästebuch ein und bewirtete sie.

Durch ein Fensterloch im Dach bat er die Sonne herein und auch den Mond und die Sterne. Daraus machte er neue Kleider für die Märchen, ein Mäntelchen oder einen Latz, einen Hut, vielleicht auch nur ein buntbesticktes Band in den Farben der Heide, damit sie nicht Fremde wären unter Fremden in der Welt, in die er sie entließ. Mit kargem Wort zur Nacht und einem Nicken am Tag öffnete er ihnen die Tür, und immer mit gutem Wunsch, dass sie freundliche Aufnahme fänden und Freunde gewännen in Städten und Dörfern.

Am Ende steckte er ihnen noch ein Blatt zu mit Ratschlägen, wie sie ihm gerade einfielen. Er meinte, sie würden befragt werden nach diesem und jenem und vielleicht stumm dastehen und keine rechte Antwort wissen.

Also war auf dem Blatt zu lesen: Ihr werdet überall auf welche treffen, die sagen, dich kenne ich doch von irgendwoher, und es wird sich zeigen, dass ihr Verwandte seid, aus nächster Nähe oder märchenmeilenweit entfernten Landstrichen. Daran ist nichts Verwunderliches. Märchen sind seit jeher Vagabunden, die ohne

Pass und Zoll von Land zu Land wandern, ihren Habitus angleichen oder auch tauschen, eine Nacht oder sieben Nächte beieinander liegen, Märchenfrau und Märchenmann, ihr Kind ist ein Vater-Mutter-Kind von Gesicht und in der Seele.

Begegnen werdet ihr auch manchen, die euch, verwundert irgendwie, ansehen, vielleicht mit einem lustigen Zwinkern, vielleicht auch mit spöttelnden Augen, weil sich nämlich einer oder ein anderer von euch ein Stück feinen Samtes auf seine grobe Bauernjacke aufgesetzt hat, weil eine und eine andere einen beflitterten Strohkranz auf dcm Kopf trägt, als kämen sie vom Königsschloss. Ihr Schloss, werdet ihr sagen, ist eine Kate, und den Samt auf der grauen Jacke und die beflitterte Krone des Mädchens haben wir doch von euch, unseren Verwandten und freundlichen Nachbarn als Gastgeschenke erhalten. Wir selbst kennen keine prächtigen Schlösser, wissen nichts über die Leute, die darin hausen, und nichts über Gold und Silber und Edelsteine, die dazugehören wie Lehm und Holz zu unseren Katen. Daher und auch daher, dass wir durch Jahrhunderte weder Lehrer noch Gelehrte hatten und uns ganz allein mühen mussten, unsere Sprache nicht nur zu erhalten, sondern auch neue Wörter für eine täglich neue Welt um uns herum und zunehmend auch mitten unter uns zu finden, von daher rührt wohl das Spröde und manchmal Ungelenke in unserem Erzählen und auch, dass Könige, Prinzessinnen und Grafen darin nicht selten recht bäuerlich erscheinen mögen.

Unsere Ausflüge zu den Schlössern waren keine Erfahrung von Wirklichkeiten, sondern schmerzhafte Träume und sprachlose Hoffnungen, dass die Gleichheit, die den Toten gegeben ist, als natürlich auch den Lebenden gehöre.

Eure Verwandten und Nachbarn werden sich wundern, dass ihr viel jünger seid als sie, und werden fragen nach euren Alten, Weißbärtigen. Es genügt ihnen zu sagen, dass diese verschollen sind in den grauen Jahrhunderten, als es noch keinen unter unseren Leuten gab, der sie in Buchstaben am Leben hätte erhalten können. Erhalten geblieben – geschrumpft auf ein Kügelchen – ist nur das dunkle helle Märchen von Wissen, Macht und Freiheit, Dreifaltigkeit aus einem Stamm, blaue Blüten ... aber wann eine Frucht?

Vielleicht ist das das Urmärchen der Völker der Erde, dachte der Kauz Ratzepur. Er schrieb den Satz nicht auf für die, denen er nun nachschaute, sondern malte ihn mit Sorgfalt auf die leere erste Seite seines Gästebuchs. Da stehe er zu Recht, meinte er. Er schloss die Türen, die eine und die andere, und sah eine Maus sich putzen in einem dunklen Winkel. Vielleicht ist es eine Märchenmaus. Er fing sie nicht.

Allerlei Getier aus Wald und Heide und Feldflur lud ein zur Vorführung des Stückes «Leute», welches der weise Uhu verfasst hatte. Die meisten bereiteten sich fröhlich vor, nur der Wolf murrte beim Ankleiden zum Fuchs: «Wozu müssen wir die Sachen der Leute auf unserer Haut tragen?» Sagte der Fuchs: «Damit sie sehen, was sie so im Schrank haben.»

Und knurrte der Wolf: «Warum sollen wir ihre Wörter reden?» Sagte der Fuchs: «Damit sie hören, was sie so im Kopf haben.»

Der Wolf stülpte sich eine Tölpelmaske über den Schädel und brummte. Der Fuchs setzte sich einen Hut auf, halb Doktorhut, halb Narrenkappe, sah sich an im Spiegel und lachte. Die Grille schrillte auf und der Zaunkönig spottete tiritit.

# Löchrige
# Freundschaft

Eines Tages saß der Wolf in der Schänke und trank einen «Böhmer». Er nannte das gegorene Gebräu aus Waldfrüchten und Kräutern so, weil ein Verwandter aus dem Böhmischen ihm das Rezept und dazu ein echtes böhmisches Glas geschenkt hatte. Er langweilte sich und trank darum noch ein zweites und ein drittes Glas. Die Tür vom Wucherwald öffnete sich leise um einen kleinen Spalt und witternd schaute der Fuchs hinein.

Der Wolf sah ihn und rief: «Komm herein! Komm!»

Der Fuchs trat vorsichtig ein und sagte höflich Guten Tag zum Wolf und auch zum Kauz Ratzepur. Ratzepur nickte und der Wolf sagte: «Ja, ja, guten Tag! Schlechtes Wetter heute draußen, nicht? Komm, ich lade dich ein. Trink mit mir, Bruder, und unterhalte mich ein bisschen.»

Der Fuchs blieb vorsichtig und höflich und sagte: «Danke für die Einladung, Herr Wolf.»

Der Wolf sagte: «Aber gern geschehen, lieber Herr Fuchs. Wie heißt du übrigens mit dem Vornamen?»

Der Fuchs sagte: «Ich heiße Schlau. Und du?»

Der Wolf sagte: «Ich heiße Jau.» Er hob sein Glas und sagte: «Trinken wir auf Bruderschaft, lieber Schlau.»

Der Fuchs sagte: «Heute ist Dienstag, Dienstag trinke ich nur Wasser.»

Der Wolf wunderte sich: «Nur Wasser?»

«Ja», sagte der Fuchs, «Dienstag bis Montag.»

Der Wolf reihte sich im Kopf die Wochentage zurecht, aber sein Kopf verstolperte sich, und er sagte nur: «Aber im Böhmer ist doch viel Wasser!»

Der Fuchs sah den Kauz an, zwinkerte und fragte: «Ist das wahr?» Der Kauz dachte, er hat bestimmt wieder einen Spaß im Kopf und nickte. «Ja dann», sagte der Fuchs, «trinke ich ein Glas. Aber nur ein ganz kleines.»

Der Kauz brachte ihm einen Eierbecher voll, der Fuchs hob den Becher an: «Auf deine Gesundheit, Jau», und nahm einen Tropfen auf die Zunge.

Der Wolf aber trank sein viertes Glas aus und lallte mit schwerer Zunge: «Auf unsere Freundschaft!»

Eine Weile saßen sie stumm da, dann brummelte der Wolf: «Erzähle mir etwas! Du weißt doch immer etwas Neues.»

Der Fuchs nickte: «Manchmal weiß ich etwas Neues. Aber heute weiß ich nichts.» Er meinte nur, Weihnachten sei vorüber und kein Schnee, aber sehr kalt. Schwer an Nahrung zu kommen.

Der Wolf brummte: «Es ist nicht schön, in dieser Jahreszeit.»

Der Fuchs antwortete: «Da hast du Recht. Es ist nicht schön. Und hier ist es langweilig. Wollen wir nicht ein bisschen spazieren gehen?»

Sie gingen und gingen und der volle Mond schien durch die Wolken. Sie kamen zu einem Brunnen. Der Wolf blieb stehen, wunderte sich sehr und sagte: «Was ist denn das?»

«Was denn? Wo denn?», fragte der Fuchs.

Der Wolf sagte: «Na hier, im Brunnen!»

Der Mond schien voll und rund geradewegs in den Brunnen.

Der Fuchs sagte: «Ach, das ist bloß ein Mondkuchen.»

14

«Was?», rief der Wolf, «Mohnkuchen esse ich für mein Leben gern!»

Der Fuchs sagte: «Ich mache mir nichts daraus. Und außerdem habe ich eben Rebhuhn zu Abend gegessen.»

Der Wolf seufzte: «Ach, ich möchte so gern den Mohnkuchen haben.»

Der Fuchs dachte, soll er ihn kriegen, seinen Mohnkuchen, und tat, als ob er gründlich überlegte und sagte: «Dann musst du das Wasser austrinken.»

Der Wolf beugte sich über den Brunnenrand und fing an zu trinken. Er trank und trank und trank. Schließlich hatte er den Brunnen leer getrunken. Aber da war nichts. Der Wolf war enttäuscht: «Wo ist er hin?»

«Wer?», fragte der Fuchs.

«Der Mohnkuchen», knurrte der Wolf.

Der Fuchs meinte: «Da hast du sicher nicht aufgepasst. Den hat dir jemand weggenommen.»

«Schade, schade», jammerte der Wolf. «Was machen wir nun?»

Der Fuchs sagte: «Ich weiß, wo heute Spinteabend ist.»

Der Wolf fragte: «Spinteabend – was ist das?»

«Oh», sagte der Fuchs, «da ist es lustig, da sind Burschen und Mädchen, und die Mädchen sitzen an Spinnrädern und spinnen. Die Burschen machen Späße für sie.»

«Späße habe ich gern», sagte der Wolf. «Da könnten wir ja hingehen.»

«Ja», sagte der Fuchs, «wenn du willst, gehen wir hin.»

Der Wolf konnte kaum eine Pfote vor die andere setzen, so tief hing ihm der volle Bauch hinab. Er fragte: «Ist es weit dahin?»

«Nicht sehr weit», sagte der Fuchs.

Der Wolf zögerte, dann brummte er: «Na schön, wenn es nicht so weit ist, dann können wir ja gehen.»

Sie gingen und der Wolf blieb alle fünf Schritte stehen und sagte: «Nicht so schnell, Bruder! Meine Beine können nicht so schnell.»

«Ja», sagte der Fuchs «du hast ja vier Böhmer geschluckt und dazu noch den Brunnen leer getrunken.»

Der Wolf plusterte sich auf: «Ja, das hab ich geschafft! Und trotzdem keinen Mohnkuchen.»

Der Fuchs tröstete ihn: «Vielleicht finden wir etwas Besseres.»

Sie gingen und gingen und kamen an das Haus, wo Spinteabend war. Es war aber spät, die Mädchen hatten die Spinnräder schon aufgeräumt, sie tanzten und sangen und lachten mit den Burschen. Der Fuchs und der Wolf schlichen hinein. Dem Fuchs fuhr ein feiner Duft in die Nase. Er roch frische Würste und überlegte, wie er da herankommen könnte. Vor der Tür zur Wurstkammer lag ein zotteliger schwarzer Hund, fast so groß wie der Wolf.

Der Fuchs überlegte, dann rief er den Wolf. Er sagte: «Das ist ein Verwandter von dir. Du mußt ihn vertreiben.»

«Warum?», fragte der Wolf.

«Er stinkt», antwortete der Fuchs.

«Kann sein», meinte der Wolf. «Aber wie kann ich ihn vertreiben? Er ist stark.»

Der Fuchs sagte: «Du hast doch einen Bauch voll Wasser. Wenn du das jetzt laufen lässt, reißt der Hund bestimmt aus.»

Der Wolf sagte: «Ich kann es ja versuchen, aber warum denn?»

«Na ja», sagte der Fuchs, «weil er doch stinkt und damit wir Platz zum Schlafen haben.»

«Ja, es ist wirklich schön warm hier», meinte der Wolf. Er ließ seinen Bauch leer laufen, und der Hund floh. In diesem Augenblick sprang der Fuchs in die Kammer und stürzte sich auf die Würste.

Als die Burschen sahen, was der Wolf angerichtet hatte – die ganze Spintestube schwamm und die Mädchen mussten sogar auf die Bänke klettern – , fingen sie an, auf ihn einzuschlagen. Und sie schlugen ihn so schlimm, dass er nicht einmal fliehen konnte. Am Ende warfen sie ihn aus dem Haus, wo er auf einem Haufen Unrat liegen blieb.

Der Fuchs hatte inzwischen alle Würste aufgefressen und konnte kaum noch kriechen. Er hörte das Geschrei und die Schläge, überlegte nicht lange, steckte die Pfote in einen Topf mit Preiselbeeren und beschmierte sich Gesicht, Kopf, Rücken und auch die Pfoten, bis der rote Saft aus seinem Fell tropfte, und schlich hinaus. Draußen kroch er langsam zum Wolf und jammerte und jammerte. Der Wolf jammerte auch und klagte, wie elend es ihm ergangen sei. Aber schließlich stand er doch auf und machte ein paar Schritte. Der Fuchs aber jammerte weiter: «Au jau jau, mir ist es noch viel schlechter ergangen. Ich weiß nicht, wie ich nach Hause komme. Siehst du nicht, wie ich blute? Überall blute ich!» Er stand auf und fiel gleich wieder um und sagte: «Mein lieber Wolf, ich bitte dich sehr, dass du mich nach Hause trägst.»

Der Wolf konnte selbst kaum stehen, aber er nahm den Fuchs auf den Rücken. Als sie so gingen und er ihn trug, kicherte der Fuchs leise und flüsterte: «Der Geschlagene trägt den Nichtgeschlagenen.»

Der Wolf fragte: «Was flüsterst du da?»

Der Fuchs antwortete: «Ach, ich weiß nicht, was ich vor lauter Schmerzen vor mich hin rede.»

Der Wolf trug den Fuchs weiter und weiter. Nach einer Weile flüsterte der Fuchs wieder: «Der Geschlagene trägt den Nichtgeschlagenen.»

Wieder fragte der Wolf: «Was flüsterst du denn da?»

Der Fuchs antwortete: «Ach, nichts weiter, mein lieber Wolf. Ich bin bloß traurig, weil du deinen Mohnkuchen nicht bekommen hast.»

Der Wolf sagte: «Ja, schade drum», und trug den Fuchs weiter und weiter. Und als sie wieder ein Stück gegangen waren, flüsterte der Fuchs wieder: «Der Geschlagene trägt den Nichtgeschlagenen.»

Dieses Mal verstand der Wolf die Worte und jaulte wütend auf. Da sie gerade auf einer kleinen Brücke waren, warf er den Fuchs hinunter in den Bach und ging allein weiter.

Das Wasser im Bach war eiskalt, der Fuchs paddelte schnell ans Ufer, schüttelte sich und knurrte: «Der alte Jaujau versteht keinen Spaß.»

Er kroch mehr, als dass er lief, zu seinem Bau und legte sich lang hin. Sein Bauch rumorte so laut, dass er nicht einschlafen konnte. Aber die Würste, dachte er – was man hat, hat man. Dann fiel ihm der Mondkuchen im Brunnen ein, und er lachte schadenfroh, weil er den Wolf so fein zum Narren gemacht hatte.

# Heringshappen und Eisangeln

Der Fuchs grub eben ein Mauseloch auf, als der Wolf vorbeikam und ihn anknurrte. Der Fuchs stellte schnell seinen Schwanz aufrecht und wedelte freundlich zur Begrüßung.

Der Wolf brummte: «Aber deine Späße – die sind nicht gut.»

Der Fuchs säuselte: «Tut mir Leid, ich habe es nicht böse gemeint.»

Der Wolf sagte: «Na gut. – Lausig kalt heute. In der Nacht wird es Stein und Bein frieren, behauptet der Kauz.»

Der Fuchs meinte: «Ach, ich habe ja einen guten warmen Pelz. Aber einen grimmigen Frost hält der auch nicht ab.»

Der Wolf überlegte eine Weile, dann fragte er: «Beim Spinteabend ist doch die Stube immer sehr warm?»

Der Fuchs nickte: «Das stimmt.»

Der Wolf sagte: «Wollen wir nicht hingehen?»

Der Fuchs wiegte den Kopf: «Da ist es uns schon einmal schlimm ergangen.»

Der Wolf entgegnete: «Ja, das war dort, aber jetzt gehen wir da hin. Da kennt uns niemand.»

Der Fuchs war einverstanden.

Und sie gingen und kamen zu der Spintestube. Zwölf Mädchen saßen an ihren Spinnrädern, traten die Rädchen fleißig und sangen dabei. Es war warm, aber nicht sehr warm in der Stube.

Der Wolf dachte: ‹Bei den Mädchen muss es ja noch wärmer sein›, und er tat, als wäre er ein Hund und strich immer um die wollenen Röcke der Mädchen herum. Der Fuchs aber schnüffelte und witterte, ob nicht irgendetwas Feines zu fressen da sei. Er konnte nichts erschnüffeln und ging darum hinaus, vielleicht war dort etwas zu finden. Gerade fuhr ein Fuhrmann vorbei, der hatte ein Fass mit Heringen geladen. Der Fuchs sprang schnell auf den Wagen und warf die Heringe einen nach dem anderen hinaus. Dann sprang er hinunter und begann zu fressen.

Als bloß noch ein Heringskopf übrig war, kam der Wolf heraus.

Der Wolf sagte: «Was hast du denn da zu fressen?»

Der Fuchs gab ihm den Heringskopf und sagte: «Fische. Ich habe Fische gefangen.»

Der Wolf verschlang den Happen und fragte: «Wo hast du Fische gefangen?»

«Dort in dem Teich, da habe ich geangelt.»

Drei Sprünge weit war ein kleiner Teich, der schon eine dünne Eishaut hatte.

Der Wolf sagte: «Solche Fische möchte ich auch gern fangen.»

Da antwortete der Fuchs: «Da halte deinen Schwanz ins Wasser. Das ist die beste Angel.»

Der Wolf tat, wie der Fuchs geraten hatte. Der grimmige Frost fiel jetzt herab und das Eis auf dem Teich wuchs. Nach einer Weile wollte der Wolf seinen Schwanz herausziehen, weil es ihn fror. Der Fuchs aber fragte: «Hängt da schon ein schwerer Fisch dran?»

Der Wolf zog den Schwanz ein klein wenig an. Da war kein Fisch. Da sagte der Fuchs: «Es ist zu zeitig.»

Nach einer Weile wollte der Wolf wieder seinen Schwanz aus dem Teich ziehen, aber der Fuchs befahl: «Warte ab! Oder hängt jetzt etwas Schweres dran?»

Der Wolf antwortete: «Ich glaube, einer hat angebissen.»

Doch der Fuchs meinte, es sei noch zu zeitig und es seien nur kleine Fische.

Nach einer Weile wollte der Wolf wieder seinen Schwanz herausziehen, aber der Fuchs befahl: «Warte ab!»

Dann auf einmal schrie der Wolf auf: «Jetzt habe ich einen wirklich großen Fisch gefangen!»

Der Fuchs befahl: «Zieh!»

Der Wolf konnte ziehen, wie er wollte, er war eingefroren und das Eis hielt ihn fest.

Der Fuchs lachte: «Streng dich an! Streng dich an! Ich habe mich auch anstrengen müssen, als du mich in den eiskalten Bach geworfen hast und ich mir den Tod hätte anfrieren können.» Er stellte seine Fahne steil auf und lief in den Wald.

Der Wolf zog und zog und zerrte und zerrte und am Ende riss das eingefrorene Schwanzstück ab. Der Wolf heulte vor Schmerzen und vor Zorn: «Jaujau! Jau wird es dir heimzahlen, Schlaufuchs!»

## Der Fuchs und die Hühner des Pfarrers

Drei Tage pflegte der Wolf in seiner Höhle die Wunde, die er durch den bösen Rat des Fuchses davongetragen hatte. Er knurrte unablässig vor sich hin: «Der Lump, der wird mir das bezahlen, teuer bezahlen.»

Am vierten Tag machte er sich auf zum Fuchsbau. Vor dem Eingang rief er: «Komm heraus, du Lump!»

Der Fuchs steckte nur die Schnauze halb aus seinem Bau und sagte: «Ich kann nicht, lieber Nachbar. Ich bin sehr krank, ich habe mich in deinem Bach erkältet.»

Der Wolf knurrte: «Schluss und aus ist es mit Nachbar! Wenn ich dich kriege, zerreiße ich dich in der Luft.»

Der Fuchs spottete: «Wenn du mich kriegst, Bruder Wolf», und verschwand wieder in seinen Bau.

Der Wolf ließ sein Wasser in die Einfahrt zum Bau laufen, setzte als Zeichen für blutige Feindschaft einen Stinkhaufen davor und trottete heim.

Der Fuchs schaufelte den stinkigen Sand auf den stinkenden Haufen, fuhr zu einem seiner drei anderen Ausgänge hinaus und überlegte, was er jetzt unternehmen könnte. Er beschloss ins Dorf zu gehen.

Beim zweiten Gehöft hörte er Hühner scharren, kichern und plappern. Er war nicht hungrig, aber Appetit auf frisches Hühnerfleisch hatte er immer. Er wartete, bis der Hahn in die Nähe kam und laut sein Kikeriki sang. Mit einem Satz hatte der Fuchs ihn am Kragen und rannte mit der Beute in den Wald. Der Hahn zitterte in Todesangst und seufzte: «Du bist nicht wie deine selige Mutter war. Die hat immer zuerst den Gefangenen auf einen Wurzelklotz gesetzt und ein frommes Danklied gesungen.»

Das ging dem Fuchs so recht ans Herz und er wollte, dass einmal auch von ihm so gut gesprochen würde. Darum, sagte er sich, will ich ihm auch ein seliges Sterbelied singen. Er setzte den Hahn auf einen Wurzelstock und fing an zu singen. Beim ersten Ton spannte der Hahn alle Muskeln an und schon saß er hoch oben auf einem Kiefernast. Der Fuchs hörte ein Schwirren, sah sich verdutzt um und erblickte den Hahn erst, als der von oben herab sang: «Kikeriki, mich fängst du nie!»

Der Fuchs beschimpfte sich selbst als Dummkopf und schnürte weiter. Er kam zum Teich und wollte trinken. Dort saß ein großer Frosch, der ihn unfreundlich anquakte.

Der Fuchs sagte: «Hau ab oder ich fresse dich!»

Der Frosch sagte: «Plustere dich nicht so auf, ich bin doch schneller als du!»

Der Fuchs lachte ihn aus, aber der Frosch redete weiter und weiter von seiner Schnelligkeit. Schließlich sagte der Fuchs: «Na schön, da laufen wir jetzt gleich zusammen in die Stadt, dann wird man ja sehen, wer eher dort ist.»

Er drehte sich um, um loszugehen, und der Frosch sprang ihm schnell auf den Schwanz. Am Stadttor schaute sich der Fuchs um, ob der Frosch nachkomme. Der Frosch aber sprang vom Fuchsschwanz hinunter. Als der Fuchs den Frosch nirgends entdeckte, drehte er sich um zum Stadttor. Da saß der Frosch vor ihm und quakte laut: «Da bist du doch noch gekommen. Ich bin schon auf dem Heimweg. Ich dachte ja, du kommst überhaupt nicht mehr.»

Der Fuchs sah ein, dass er zum zweiten Mal übertölpelt worden war, und dachte, ohne den Wolf habe ich nicht das rechte Glück. Er kehrte um und schlich wieder durch das Dorf. Er traf den Pfarrer, der im Garten seine Hühner hütete. Der Pfarrer schlug ein Kreuz gegen den Fuchs: «In die Hölle mit dir, du Hühnermörder!»

Der Fuchs neigte schuldbewusst und demütig den Kopf und murmelte: «Ja, ich weiß und ich will bereuen. Ich will alle meine Sünden beichten und nie wieder eine begehen.»

Der Pfarrer glaubte ihm, und der Fuchs zählte reumütig die vielen, vielen Hühner auf, die er gemordet habe, und diese Untaten lägen ihm schwer auf der Seele. Am Ende drückte er drei Tränen aus den Augen und murmelte: «Was soll ich tun, damit ich nicht in die Hölle komme?»

Der Pfarrer sagte: «Wenn du alles bereust und nie wieder mordest, vor allem nicht meine Hühner, so wird dir verziehen.» Und er glaubte dem Fuchs und ging aus dem Garten.

Der Fuchs aber sprach zu den Hühnern: «Ich habe gebeichtet und bereut. Ihr aber seid auch nicht ohne Sünde. Ihr scharrt die Beete um und legt eure Eier nicht in die Nester zu Hause, sondern versteckt sie sonst wo.»

Die Hühner ließen die Köpfe hängen und sagten sich, ja, ja, er hat Recht und fragten: «Wie können wir das wieder gutmachen?»

Er sagte: «Am besten, zu Anfang lernt ihr richtige Choräle singen. Ich bin ein großer Kantor und halte Singestunden bei mir im Busch. Dahin kann jeden Tag eine von euch kommen, und ich werde sie die richtigen Worte lehren und ihr die rechte Melodie beibringen.»

Die Hühner nickten und nickten, und am nächsten Tag ging die erste Henne in den Busch und kam nicht wieder.

Tags darauf ging die zweite in den Busch und kam nicht wieder. Als die dritte aus dem Busch nicht wiederkam, sperrte der Pfarrer die ganze Schar ein.

Der Fuchs aber lebte noch Tage lang wie ein Fürst vom Hühnerfleisch, das er sicher vergraben hatte.

# Der Fuchs als Weissager

Es war endlich Sommer geworden. Der Fuchs wachte auf, als eben die Sonne aufging. Er trat vor seinen Bau und sagte: «Guten Morgen, Sonne!»

Die Sonne war verdutzt. Sie sagte: «Du bist schon auf?»

«Ja», sagte er, «und ich habe gute Laune.»

Die Sonne sagte: «Das freut mich sehr», und ging weiter ihres Weges.

Der Fuchs dachte: ‹Ich habe wirklich gute Laune und darum will ich mich heute mit dem Wolf aussöhnen.› Er schnürte durch den Wald und kam an das Lager des Wolfes. Der war auch gerade erst aufgestanden und streckte und reckte sich in der Sonne.

Der Fuchs sagte: «Guten Tag, Bruder Wolf.»

Der Wolf knurrte: «Was machst du hier? Ich will dich nicht sehen.»

Der Fuchs sagte: «Lieber Wolf, ich bin gekommen, um mich mit dir auszusöhnen. Ich vergebe dir die große Schweinerei, die du vor meinem Bau angerichtet hast. Vergeben und vergessen. Aber ich bin auch gekommen, um dir etwas sehr Schönes zu weissagen.»

Der Wolf fragte: «Du kannst weissagen?»

Der Fuchs antwortete: «Ja, das kann ich. Ich habe es gelernt in der Zeit, in der wir uns nicht getroffen haben. Kennst du die alte Frau, die im Dorf ganz am Ende in einer Hütte wohnt?»

Der Wolf sagte: «Nein, die kenne ich nicht. Ich gehe nicht ins Dorf.»

Der Fuchs wiegte den Kopf: «Ach, manchmal ist es ganz gut, ins Dorf zu gehen. Ich habe der alten Frau ab und zu ein Huhn gebracht, weil sie so arm ist. Und sie hat mich zum Dank das Weissagen gelehrt.»

Der Wolf brummte: «Ich glaube nicht, dass du weissagen kannst.»

Der Fuchs antwortete: «Das kannst du aber glauben, und ich sage dir gleich, heute wird ein sehr schöner Tag für dich. Du wirst viel Freude haben und sehr viel Glück den ganzen Tag.»

Der Wolf blieb misstrauisch: «Woher willst du das wissen? Du redest bloß dummes Zeug.»

Der Fuchs sagte: «Eben, als ich vorbeikam, hat dich die Sonne voll und ganz golden beschienen, und daher weiß ich, dass du heute lauter Glück haben wirst.»

Der Wolf dachte nach. Dann meinte er: «Ich hatte auch gleich ein gutes Gefühl, als ich aufwachte.»

«Na, siehst du», sagte der Fuchs und ging weiter.

Der Wolf machte sich auf die Beine und lief durch den Wald. Er traf zwei Diebe, die jeder eine große schön geräucherte Speckseite trugen. Als sie den Wolf erblickten, warfen sie den Speck weg und rannten davon. Der Wolf beschnüffelte beide Stücke und sagte: «Der Fuchs hat wirklich Recht, dass ich heute lauter Glück haben werde. So ein schöner, wunderschöner Speck! Aber wer wird schon frühmorgens Speck essen? Da hat man ja dann den ganzen Tag Durst.»

Er ließ den Speck liegen, trottete weiter und gelangte zu einer Wiese. Dort weidete eine Stute mit ihrem sehr jungen Fohlen, und er dachte bei sich: ‹Das hier ist besser.› Er sagte zu der Stute: «Meine Stute, ich habe heute lauter Glück und deswegen werde ich jetzt dein Fohlen fressen.»

Die Stute gehörte dem Lehrer und war darum sehr klug. Sie sah den Wolf an und begann zu reden: «Mein lieber Herr Wolf, das ist mir sehr lieb und ich halte es für eine große Ehre, dass solch ein nobler Herr mein Fohlen fressen will. Aber könntest du nicht so nett sein und mir zuerst etwas Gutes antun? Ich habe gehört, dass du ein ausgezeichneter Arzt bist. Ich habe mir vor einer Woche einen großen spitzen Splitter in meinen linken Huf eingetreten, bin von Arzt zu Arzt gegangen, aber keiner hat mir helfen können. Könntest du bitte so gut sein und mich als ausgezeichneter Doktor von meinen Schmerzen erlösen?»

Der Wolf dachte: ‹Ausgezeichneter Arzt, das habe ich von mir noch nicht gehört, aber die Stute würde ja nicht so dahinreden, wenn nichts daran wäre.› Er befahl: «Zeig

mal her!», und trat nah heran. Die Stute hob den Hinter-
fuß, und als der Wolf nach dem großen spitzen Splitter
suchen wollte, trat sie ihm so mächtig an den Kopf, dass
er alle Sterne tanzen sah, und floh mit ihrem Fohlen.

Als der Wolf wieder einigermaßen zu sich gekommen
war, ärgerte er sich sehr, dass die Stute ihn zum Narren
gehalten hatte. Aber er sagte sich: «Wer hat mir denn befohlen, dass ich mich als ausgezeichneter Arzt ausgeben
soll, wenn ich doch keiner bin?» Er befühlte und betas-
tete seinen Kopf und sagte: «Ach, es ist ja nichts weiter
geschehen, der Kopf ist noch ganz, und der Fuchs hat ja
gesagt, dass ich heute lauter Glück haben werde. Sicherlich werde ich es jetzt finden.» Ihm war, als wäre er doch
recht hungrig, und so trottete er weiter, um etwas zu essen zu finden. – Er kam zu einer Mühle, dort hütete eine
Sau ihre Ferkel. Der Wolf sagte zu ihr: «Meine liebe Sau,
ich habe heute lauter Glück. Und deswegen werde ich
jetzt dein schönstes Ferkel auffressen.»

Die Sau fing an zu reden: «Mein lieber Wolf, das ist
mir sehr lieb und ich halte es für eine große Ehre, dass ein
solch vornehmer, bedeutender Herr mein Ferkelchen
fressen will. Aber könntest du nicht so gut sein und noch
ein Weilchen warten? Siehst du, das Ferkelchen hat sich
gerade im Schmutz gewälzt und ist ganz dreckig. So ist es
doch nichts für einen vornehmen Herrn. Ich will es dir
sauber waschen, wie es sich für dich, mein lieber Herr
Wolf, gehört.»

Der Wolf dachte: ‹Vornehmer, bedeutender Herr?
Das wusste ich noch nicht von mir. Aber die Sau würde
doch nicht so grunzen, wenn nichts daran wäre.› Er befahl: «Wasche es!», und setzte sich ans Bachufer.

Die Sau sprang in den Bach, ihre Ferkel hinterher,
und schwamm schnurstracks zur Mühle. Bevor sich der

Wolf versah, waren alle in Sicherheit auf dem Mühlen-hof. Als der Wolf begriff, dass ihn die Sau übertölpelt hatte und mit den Ferkeln entflohen war, ärgerte er sich fürchterlich, dass ein Schwein ihn so getäuscht hatte. Aber er sagte sich: «Wer hat mir denn befohlen, dass ich mich für einen vornehmen Herren ausgeben muss, wenn ich doch keiner bin? Nun hat mich die Sau, das dumme Vieh, betrogen.»

Sein Bauch knurrte jetzt so laut, als hätte er eine ganze Woche nichts gefressen, und er sagte sich: «Eine Weile werde ich wohl noch aushalten. Der Fuchs hat ja gesagt, dass ich heute lauter Glück haben werde. So wird mir noch etwas Besseres über den Weg laufen.»

Der Wolf trottete weiter und weiter und kam auf ein Feld. Dort sah er zwei Ziegenböcke, die sich mit den Hörnern stießen. Er dachte bei sich: ‹Ziegenfleisch, das ist wohl nicht ganz das Richtige, aber mein Bauch gibt ja keine Ruhe.›

Er sprach zu den beiden Ziegenböcken: «Meine Böck-lein, ich habe heute lauter Glück, und darum werde ich jetzt einen von euch beiden fressen.»

Die jungen Ziegenböcke fingen an zu reden: «Lieber Herr Wolf, das ist uns beiden sehr lieb und wir halten es für eine große Ehre, dass eine solche bedeutende Persön-lichkeit wie du einen von uns fressen will. Aber könntest du nicht so gut sein und uns vorher einen Gefallen tun? Wir haben gehört, dass du ein gesuchter Rechtsanwalt bist. Wir haben gerade einen schlimmen Streit wegen die-ses Feldes, wem es nun wirklich gehört. Wir sind schon bei vielen teuren Advokaten gewesen, aber keiner konnte unseren Streit rechtskräftig entscheiden. Würdest du nicht so gut sein und als weit bekannter Rechtsanwalt das Urteil fällen, wessen das Feld nun sein soll? Setze dich

*28*

doch in der Mitte des Feldes hin, und wir gehen jeder an einen Feldrand. Wer von uns beiden als erster bei dir anlangt, der soll der Gewinner sein. So erfahren wir noch vor unserem Tod wirklich, wem das Feld gehört.»

Der Wolf hätte zwar am liebsten auf der Stelle einen von beiden gerissen und zerrissen, aber er überlegte: ‹Weit und breit gesuchter Rechtsanwalt, das wusste ich noch nicht über mich. Aber die Ziegenböcke würden ja nicht so dahermeckern, wenn nichts daran wäre.› «Also los, geht zum Start!», befahl er und setzte sich in der Mitte des Feldes hin. Auf sein Kommando stürmten die Ziegenböcke los und prallten mit voller Wucht von hinten und vorn gegen ihn und flohen.

Als sich der Wolf nach einer längeren Weile ein wenig erholt hatte, ärgerte er sich fürchterlich, dass die Ziegenböcke ihn so getäuscht hatten, aber er sagte sich: «Wer hat mir denn befohlen, mich für einen weit und breit gesuchten Advokaten auszugeben, wenn ich doch keiner bin?»

Jetzt knurrte sein Bauch so laut, dass man es am Ende des Feldes hätte hören können. Der Wolf brummelte vor sich hin: «Ich werde eben weiter suchen, denn der Fuchs hat ja gesagt, dass ich heute lauter Glück haben werde. Darum wird sich sicher noch irgendetwas Gutes für mich finden.»

Er trottete und ging weiter und gelangte an eine magere Wildweide. Dort weidete eine ganze Herde Schafe, kein Schäfer dabei und auch kein Hund. ‹Das ist wunderbar›, dachte er und sagte zu den Schafen: «Meine lieben Schafe. Ich habe heute lauter Glück und darum werde ich jetzt eines von euch fressen.»

Die Schafe sagten: «Sehr geehrter Herr Wolf! Das ist uns sehr lieb und eine große Ehre, dass ein solch berühmter Herr eines von uns auffressen will. Aber könntest du nicht so gut sein und uns zunächst einen Gefallen tun? Wir haben gehört, dass du ein sehr berühmter Kantor bist, und wir haben gerade große Sorgen, weil wir einen neuen Kantor suchen müssen. Unser stärkster Widder ist gestorben, wir sind dahin und dorthin gelaufen, aber niemand konnte schön genug singen. Würdest du nicht so gut sein und uns als berühmter Kantor aushelfen?»

Der Wolf hörte zwar seinen Bauch vor lauter Hunger schreien, doch er dachte bei sich: ‹Berühmter Kantor? Das habe ich von mir noch nicht gewusst. Aber die Schafe würden es doch nicht in die Luft schwafeln, wenn da nichts daran wäre.› Er kletterte auf die niedrige Feldbude des Schäfers und befahl: «Jetzt passt auf, gebt acht auf den Takt!», und gab den Ton an und begann mit großen Gesten zu dirigieren. Die Schafe blökten aus vollen Kehlen, eines lauter als das andere, und der Wolf heulte so mächtig, dass die Leute im Dorf zusammenliefen und mit ihnen die Hunde.

Als der Wolf mitten im schönsten Geheule war, schlug ihn ein Mann von hinten so an den Kopf, dass er von der Hütte stürzte. Nun warfen sich die Hunde auf ihn, die Leute schlugen zu mit Knüppeln und Stöcken und stießen und stachen ihn mit Gabeln. In letzter Not konnte er fliehen und blieb krumm geschlagen und verwundet im dichten Wald liegen. Wie er dort so lag und stöhnte, fraß ihn der Ärger, dass die Schafe ihn genarrt hatten. Aber er sagte sich: «Wer hat mir denn befohlen, dass ich mich für einen berühmten Kantor ausgeben muss, wenn ich doch keiner bin? Nun haben mich Schafe, die dümmsten Tiere, betrogen.»

Sein Bauch knurrte so laut, dass er fürchtete, er würde gleich verhungern. Doch er tröstete sich: ‹Ich habe ja noch den Speck dort liegen. Das wird ein wunderbares Abendbrot!›

Langsam und mit großer Mühe schleppte er sich dahin, wo er frühmorgens die Diebe verjagt hatte. Die Beute war verschwunden. Die zwei Speckseiten hatte der Fuchs längst in seinen Bau getragen.

In seiner Höhle unter dem großen Findlingsstein rollte sich der Wolf mit leerem Magen, viermal betrogen und halbtot geschlagen, zusammen und schwor sich, fortan keinem Weissager auch nur ein Wort zu glauben.

## Der süßmäulige Fuchs

Einmal hausten der Wolf und der Fuchs im Bau unter dem riesigen Findling zusammen und gingen gemeinsam auf Diebstahl aus.

Eines Tags fanden sie einen großen Topf mit Honig, trugen ihn in den Bau und versteckten ihn in der Vorratskammer. Dann legten sie sich zum Schlafen hin, der Wolf hinter den Ofen, der Fuchs auf die Ofenbank. Nach einer Weile lief dem Fuchs das Wasser im Maul zusammen, weil er an den Honig dachte, und er klopfte mit dem Schwanz an den Ofen.

Der Wolf hörte das Klopfen und befahl: «Fuchs, geh aufmachen. Jemand will herein.»

Der Fuchs ging und kostete den Honig. Als er mit süßem Maul zurückkam, fragte der Wolf: «Wer war dort?»

«Na, die Tante Poch. Sie hat ein Kind.»

«Wie heißt denn das Kind?»

«Gekostet.»

Der Fuchs legte sich hin und klopfte bald wieder an den Ofen.

Der Wolf befahl: «Fuchs, geh aufmachen, jemand klopft an die Tür.»

Der Fuchs ging und fraß den Honigtopf zur Hälfte leer. Als er zurückkam, fragte der Wolf neugierig: «Wer war denn dort?»

«Na, die Tante Poch. Die hat ein Kind.»

«Wie nennen sie denn das Kind?»

«Halbehalbe.»

Der Fuchs legte sich hin und klopfte bald wieder.

Der Wolf befahl: «Fuchs, dort klopft jemand, geh aufmachen!»

Der Fuchs ging und fraß den Honig auf, hockte sich über den Honigtopf und setzte einen Haufen hinein. Als er zurückkam, fragte der Wolf: «Wer war denn dort schon wieder?»

«Na, die Tante Poch. Die hat ein Kind.»

«Wie nennen sie denn das Kind?»

«Ausgeschleckt oder Süßmaul.»

Der Fuchs legte sich wieder auf die Ofenbank und nach einer Weile fragte er den Wolf: «Bruder Wolf, allen Leuten säuert doch der Honig. Wollen wir nicht gehen und nach unserem schauen?»

Sie gingen und schauten und sahen den Honigtopf voll Dreck. Gleich fingen sie an zu streiten, wer den Topf leer gefressen hätte.

Am Ende sagte der Fuchs: «Das müssen wir feststellen. Wir legen uns in die Sonne, und wem der Honig hinten herausquillt, der hat ihn wirklich gefressen.»

Sie legten sich im Garten in die Sonne. Der Wolf schlief bald ein und schnarchte furchtbar. Dem Fuchs aber begann der Honig herauszuquellen. Leise stand er auf und beschmierte den Wolf unter dem Schwanz. Nach einer Weile weckte er ihn. «Donner und Doria! Du hast den Honig gefressen. Dir quillt er ja zum Hintern heraus!»

Der Wolf aber sagte: «Ich nicht!»

Der Fuchs rief aus: «Da sieh hinter dich!»

Der Wolf schaute hinter sich, schüttelte den Kopf und brummte: «Ich weiß nicht, da muss ich im Schlaf hingegangen sein.»

Der Fuchs sagte: «Schade um den Honig. Aber ich verzeih dir´s.»

Dann verschwand er im Bau und lachte, dass sich die Decke schüttelte.

## Der Krieg der Vierbeiner und der Geflügelten

Mitten im schönsten Frühling brach ein schlimmer Streit zwischen Vierbeinern und geflügelten Tieren aus. Niemand wusste recht, warum eigentlich. Die einen sagten, daran ist der Ochse Schuld. Der Ochse hatte auf der Weide gegrast. Dort wuchs ein großer breiter Wacholderbusch, in dem ein Zaunkönig nistete. Der Ochse ging jeden Tag einmal hin und schüttelte den Busch, um den Zaunkönig zu ärgern und beim Brüten zu stören.

Andere sagten, Schuld sei eine kleine Mücke, die versehentlich in die Nase des Bären hineingeflogen war, wovon er einen Schnupfen bekam, der zwanzig Tage und drei Stunden dauerte. Deswegen – oder wegen des Ochsen – rief der Bär alle Vierbeiner zusammen: die Wölfe und die Füchse, die Hunde und die Katzen, die Rehe und die Hirsche, die Dachse und die Eichhörnchen, die Hasen und die Wildkaninchen und auch die Wildschweine.

Der Adler aber versammelte alle Vögel, die großen und die kleinen, und alles andere, was Flügel hatte: die groben Stechmücken und die feinen Stechmücken, die Fliegen und die Bremsen, die Bienen und die Hummeln, die Wespen und die Hornissen und alle Waldvögel dazu. In beiden Lagern kam man zusammen, um zu beraten, wer der Befehlshaber sein sollte und wie man die Schlacht am klügsten beginnen, führen und gewinnen könnte.

Die Vierbeiner versammelten sich auf einer Waldwiese. Das erfuhr der kleine Zaunkönig und riet dem Adler: «Schicke eine Stechmücke dahin!»

Der Adler befahl der Stechmücke: «Fliege auf die Waldwiese und sperre die Ohren auf, damit du alles hörst, was die Vierbeiner beraten.»

Als nun die Vierbeiner laut berieten, hörte die Mücke unter einem Buchenblatt zu. Der Fuchs gab sich bei der Beratung große Mühe, er wollte zum Fahnenträger gewählt werden. Er flüsterte dem Bären ins Ohr: «Lege du für mich ein gutes Wort ein, dass man mir die Ehre gibt, die Fahne in der Schlacht zu tragen. Ich habe einen so schönen großen Schwanz, wenn ich den hoch aufrichte, habt ihr eine großartige Fahne, die jeder sieht und so begeistert mir nach in den Kampf zieht.»

Der Bär hörte sich das an und überlegte. Zu Beginn der Veranstaltung stand er auf und sprach: «Liebe Freunde! Die Not in unserem Land ist sehr groß und uns droht schlimmes Ungemach. Das Heer unseres Feindes, der Geflügelten, ist stark und wenn wir nicht fest zusammenstehen, werden wir in Schimpf und Schande unterliegen. Ich frage euch, wer unter uns ist befähigt, der Befehlshaber unserer Armee zu sein und in der Schlacht die Fahne voranzutragen? Entscheidet ihr, wen ihr für den Besten haltet für diese große und ehrenvolle Aufgabe.»

Der Fuchs, der sich in die ersten Reihen gedrängt hatte, stellte sich auf die Hinterbeine, reckte sich und hob seinen schönen Schwanz hoch. Der Bär fragte zum zweiten Mal: «Wenn haltet ihr für den Besten?»

Alle schrien: «Den Fuchs, den Fuchs. Er hat einen langen Schwanz, der sich ausgezeichnet als Fahne darstellt, wenn er ihn hochhält und der Wind weht.»

So wählten sie den Fuchs als Befehlshaber und Fahnenträger. Der Fuchs verneigte sich und begann auf der Stelle mit großer Stimme zu befehlen: «Bär, du wirst an meiner rechten Seite und du, Wolf, an meiner linken Seite in den Kampf ziehen. Und ihr anderen folgt alle tapfer der Fahne, die ich hochhalte. Solange sie steht und vor euren Augen flattert, so lange ist alles gut. Ihr greift mutig den Feind an und lasst keinen laufen, der euch unter die Tatzen gerät. Wenn aber die Fahne fällt, wisst ihr, dass es schlimm steht, und lauft davon! Aber, Freunde, so weit darf und wird es nicht kommen!»

Die Mücke unter dem Buchenblatt hatte alles gehört, flog zurück und meldete sich beim König. Der Adler hörte sich ihren Bericht an und befahl: «Versammle du alle Mücken und dann fliegt dem Feind entgegen! Stecht den Wolf und den Bären in die Nase und die Augen und blendet sie. Jetzt, Hornissen, Achtung! Ihr fliegt als zweite Welle dem Feind entgegen und setzt euch, immer eine nach der anderen, dem Fuchs unter den Schwanz und treibt euren Stachel so tief wie ihr könnt. Nun setzt sich unsere Armee Regiment für Regiment in Marsch und kesselt den Feind ein und lässt keinen entkommen. Der Sieg ist unser, Kameraden!»

Im Morgengrauen zogen beide Armeen auf das Schlachtfeld, entschlossen, tapfer zu kämpfen und den Sieg zu erringen. Sie waren noch weit voneinander entfernt, als die Mücken und die Hornissen zum Angriff übergingen. Die Mücken blendeten den Wolf und den Bären und die Hornissen flogen in dichter Formation zum Fuchs und stachen ihn eine nach der anderen tief ins Fleisch unter dem Schwanz.

Der Fuchs begann zu jammern: «Oh, mein lieber Wolf, mich hat gerade eine glühende Kugel in den Hinterlauf getroffen. Sieh doch schnell mal nach, ob der Lauf gänzlich abgeschossen ist.»

«Rede keinen Unsinn!», sagte der Wolf. «Bisher war ja noch kein Flintenschuss zu hören. Mach dir nicht in die Hosen vor Angst, sondern halte dein Fahne hoch, sonst fresse ich dich!»

Der Fuchs merkte, dass der Wolf es ernst meint, biss darum die Zähne zusammen und richtete seinen Schwanz wieder steil auf. In diesem Augenblick stach ihn eine zweite und gleich danach eine dritte Hornisse und der Schwanz fiel von allein bis auf die Erde. Doch der Fuchs spannte die Muskeln an und hob seine Fahne wieder hoch, klagte aber jetzt dem Bären: «Schon drei glühende Kugeln haben mich getroffen. Ich blute ganz sicher wie abgestochen. Mir wird gleich schlecht.»

«Hoch mit der Fahne!», schrie der Bär. «Sonst sind wir gleich verloren. Der Wolf und ich müssen uns auch gegen die vielen Feinde wehren.»

Jetzt griffen elf Hornissen nacheinander den Fuchs an. Und der Fuchs heulte: «Au jau, ich bin in einen richtigen Hagel von glühenden Kugeln geraten. Mit uns steht es schlimm. Ach es ist schon nicht leicht Befehlshaber und Fahnenträger zu sein. Ihr könnt es überhaupt nicht beurteilen. Ich gebe mein Amt auf und übergebe es euch beiden. Ich sehe nicht ein, dass ich für alle bluten soll. Das halte ich nicht aus.»

Der Fuchs floh, dass es nur so hinter ihm staubte.

Als die Vierbeiner die Fahne am Boden und den Befehlshaber auf der Flucht sahen, glaubten sie, dass alles verloren sei, und jeder rannte so schnell er nur konnte davon. Schmählich verloren die Vierbeiner die große Schlacht.

Nach drei Tagen bestellten sie den Fuchs vor Gericht, und als er nicht erschien, verurteilten sie ihn in Abwesenheit zu lebenslanger Haft unter dem Erdboden. Solange die Sonne scheint, darf er sich weder im Wald noch auf der Flur irgendwo zeigen. Die Geflügelten sahen ihn nicht mehr, und so verbreitete die Elster, dass der Fuchs nach dem Urteil ausgewandert sei und nun als Polarfuchs in Sibirien oder in Kanada lebe.

## Die alte Katze, der alte Hund und der geächtete Schlaufuchs

Die Eule Schuhu und der Kauz Ratzepur sahen den Fuchs nachts durch den Wald schnüren und ins Dorf auf Beute gehen. Der Fuchs war zwar wegen Feigheit vor dem Feind verbannt worden, war aber nicht geflohen, wie die Elster behauptete. Er versteckte sich im Bau und auch am Rande eines Heidedorfes hinter dem Zaun des letzten Hauses, wo dichtes Gebüsch wuchs. Er pflegte die Wunden, die die Hornissen ihm zugefügt hatten, und wartete auf Genesung.

Meistens schlief er, aber manchmal hörte er auch Gespräche und stellte die Lauscher auf. Die Leute vom Haus hießen Pardon. Es waren ein alter Mann und eine alte Frau. Eines Tages hörte der Fuchs den Mann zu seiner Frau sagen: «Was sollen wir denn noch weiter mit der Katze? Sie ist alt und fängt überhaupt keine Maus mehr. Ich denke, ich werde sie ertränken.»

Die Frau aber rief: «Mach das nicht. Sie fängt zwar keine Mäuse mehr, aber ...»

Er unterbrach sie: «Rede nicht so dumm. Der Katze können die Mäuse vor der Nase herumtanzen und sie wird nicht eine fangen. Sobald ich sie erwische, muss sie ins Wasser.»

Das tat der Frau Pardon aber sehr Leid. Die Katze lag unter einer Decke auf der Ofenbank und hatte alles mitgehört. Sie war sehr, sehr traurig.

Der Mann ging in den Wald nach Streu. Die Katze stand auf und miaute erbärmlich. Die Frau machte ihr schnell die Tür auf und riet: «Reiß aus, du armes Tier, bevor mein Mann wieder nach Hause kommt!»

Die Katze duckte sich traurig und rannte in den Wald. Als der Mann nach Hause kam, sagte die Frau: «Sie ist ausgerissen.»

Er antwortete: «Das ist ihr Glück!»

Die Frau aber seufzte: «Ach, das arme liebe Tier!»

Der Nachbar Nasdala hatte alles gehört und alles gesehen, er sagte zu seiner Frau: «Weißt du, was sollen wir denn noch mit unserem Hund? Er ist taub und halb blind und bellt, wenn nichts ist, und schnarcht, wenn er Alarm bellen müsste. Weißt du was, ich werde ihn erhängen.»

Die Frau Nasdala aber riet: «Mach das nicht! Der Hund ist doch nicht so schlecht!»

Aber er sagte: «Rede kein Zeug! Da könnte sich ein Dutzend Diebe auf dem Hof tummeln und er wird keinen Laut geben. Wenn ich ihn heute erwische, ist Schluss mit ihm.»

Das tat der Frau Nasdala sehr Leid. Der Hund lag versteckt in einer Ecke und hatte alles gehört. Er war so traurig, dass er aus seinen halbblinden Augen weinte.

Nasdala ging in den Wald nach Streu. Der Hund stand auf und winselte vor Kummer und Angst. Die Frau öffnete ihm die Tür und sagte: «Reiß aus, du armes Tier, bevor mein Mann wieder heimkommt.»

Der Hund ließ den Schwanz hängen und rannte in den Wald. Als Nasdala nach Hause kam, sagte seine Frau: «Er ist ausgerissen!»

Der Mann antwortete: «Das ist sein Glück!»

Die Frau aber sagte: «Ach, das arme alte Tier.»

Im Wald trafen Hund und Katze zufällig aufeinander. Als Nachbarn im Dorf waren sie keine großen Freunde gewesen, aber im Wald, verjagt von daheim, war das anders. Sie setzten sich unter einen Wacholderbusch und klagten sich ihre Not. Da kam der Fuchs herangeschlichen und fragte: «Was hockt ihr denn hier und jammert in einem fort?»

Die Katze antwortete: «Ich habe viele, viele Mäuse gefangen, und nun in meinen alten Tagen wollen sie mich ertränken.»

Der Hund barmte: «Ich habe viele, viele Nächte gewacht, und nun in meinen alten Tagen wollen sie mich erhängen.»

Der Fuchs wiegte den Kopf: «Das geht leider vielen so. Aber ich denke, ich kann euch helfen, dass sie euch zu Hause wieder aufnehmen. Dafür freilich müsst ihr mir auch einen Gefallen tun und mir in meiner Not helfen.»

Der Hund und die Katze sagten: «Ja, das wollen wir.»

Der Fuchs sprach: «Der Wolf hat mir den Krieg angesagt und sich mit dem Bär und dem schwarzen Keiler gegen mich verbündet. Morgen Abend soll der Kampf stattfinden.»

Der Hund und die Katze versprachen: «Wir werden mit dir in den Streit ziehen, denn es ist auch nicht schlechter, dabei sein Leben zu verlieren, als elend im Wald zugrunde zu gehen.» Und sie reichten sich reihum die rechte Vorderpfote darauf.

Der Fuchs ließ seinen Nachbar, den Dachs, dem Wolf ausrichten, dass er zur bestimmten Zeit auf den Kampfplatz käme. Als es Zeit war, begaben sie sich zu dritt auf den Weg. Der Wolf, der Bär und der schwarze Keiler waren schon eine Weile dort. Sie warteten und warteten, doch der Fuchs und die Katze und der Hund kamen immer noch nicht.

Der Bär sagte: «Ich klettere auf die Eiche, vielleicht kann ich sie irgendwo sehen.»

Er sah sich zum ersten Mal um und sagte: «Ich sehe noch nichts.»

Er sah sich zum zweiten Mal um und sagte: «Ich sehe immer noch nichts.»

Und er sah sich zum dritten Mal um und sagte: «He, weit da vorn kommen ja die Läuseknicker. Der eine hat eine große Lanze bei sich.» Das war die Katze, die ihren Schwanz starr aufrecht hielt.

«Läuseknicker», brummelte der Bär und alle lachten.

Es war ein sehr heißer Tag und darum sagte der Bär: «So weit, wie die jetzt sind, brauchen sie noch einen halben Tag bis zu uns. Ich lege mich inzwischen hier auf den starken Ast und ruhe ein wenig aus.»

Der Wolf legte sich unter die Eiche in den Schatten. Der schwarze Keiler aber schob einen großen Haufen Spreu zusammen und verkroch sich darin. Nur die Ohrspitze spitzelte noch hervor.

Gegen Abend kamen der Fuchs, die Katze und der Hund an. Die Katze sah das Ohr, auf dem gerade eine große Stechmücke landete. Die Stechmücke stach den Keiler ins Ohr, und er bewegte es schläfrig. Die Katze dachte, das sei eine Maus, sprang, hieb ihre Krallen in das Ohr und biss mit aller Kraft zu. Der schwarze Keiler erschrak fürchterlich, sprang aus dem Haufen Spreu heraus und quiekte so laut, wie eine Dampfmaschine pfeift, und flüchtete. Die Katze erschrak noch zehnmal mehr, schrie auf und sprang in Panik auf die Eiche, geradewegs dem Bären ins Gesicht. Der Bär erschrak noch zehnmal mehr als die Katze, er brummte auf, verlor sein Gleichgewicht, fiel vom Baum genau auf den Wolf, brach ihm alle Knochen und rannte davon.

Nun war der Wolf tot, der Bär und der Keiler geflüchtet. Die drei Sieger, der Fuchs, die Katze und der Hund, machten sich auf den Heimweg und sangen ein fröhliches Lied.

Unterwegs fing der Fuchs neunundzwanzig Mäuse. Als sie zum Dorf kamen, war es dunkle Nacht. Der Fuchs legte die Mäuse bei Pardons auf den Backofen und befahl der Katze: «Nun trage die Mäuse, eine nach der anderen, zu deinen Leuten. Die sitzen noch am Ofen.»

Die Katze trug eine, eine zweite, eine dritte Maus in die Stube. Die Frau staunte und sagte zu ihrem Mann: «Sieh nur, unsere Katze ist wieder da und trägt Maus für Maus ins Haus!»

Der Mann brummte: «Ich hätte nie gedacht, dass dieses alte Tier noch so viele Mäuse fangen wird.»

Die Frau streichelte die Katze und sagte: «Siehst du, habe ich nicht immer gesagt, dass unsere Katze eine gute Katze ist? Aber ihr Männer wollt ja immer Recht haben.»

Die Pardons nahmen die Katze wieder im Haus auf.

Der Hund und der Fuchs schnürten zum Nachbarhof. Nasdalas hatten heute ein Schwein geschlachtet, das erroch der Fuchs gleich und sagte: «Geh du auf euren Hof, und wenn ich nach einer Weile komme, dann musst du mit aller Kraft bellen!»

Der Hund knurrte und sagte: «Jawohl!»

Als der Fuchs schließlich erschien, begann der Hund zu bellen und bellte mit aller Kraft.

Die Frau Nasdala hörte ihn und weckte ihren Mann: «He, Mann! Der Hund ist wieder da und bellt mit aller Kraft. Steh doch auf und geh in die Kammer nachsehen, vielleicht sind da Diebe am Werk.»

Der Mann ärgerte sich, weil sie ihn geweckt hatte, und brummte: «Der taube Köter bellt bloß den Mond an.»

Er drehte sich um und schlief weiter.

Am Morgen wollte die Frau der Nachbarin ein paar Würste hinbringen. Als sie in die Kammer trat, sah sie, dass alle Würste, die Fleischwürste und die Grützewürste, weg waren.

Sie schrie auf: «Du lieber Gott, hier sind Diebe gewesen! Mann, steh auf und komm her! Ach, wärest du nur gestern Abend aufgestanden! Nun sind alle Würste weg, die guten Fleischwürste und auch die Grützewürste für den Alltag.»

Der Mann kratzte sich hinter dem Ohr und murmelte kleinlaut: «Nie hätte ich gedacht, dass das alte taube Vieh noch so gut wachen kann!»

Die Frau aber schimpfte: «Siehst du, habe ich dir nicht immer gesagt, dass unser Hund ein guter Hund ist? Aber ihr Männer wollt ja immer nur Recht haben.»

Sie gingen zusammen auf den Hof, verwünschten die Diebe und lobten den Hund und nahmen ihn wieder auf.

Der Fuchs aber hatte mit den Würsten die Vorratskammer in seinem Bau vollgestopft. ‹Eine gute Weile kann ich davon leben›, dachte er und freute sich.

Danach hat niemand mehr den Fuchs im Wald gesehen. Vielleicht ist er doch nach Sibirien oder Kanada ausgewandert und lebt dort als Polarfuchs mit Wolf und Bär zusammen. – Es kann auch sein, er hat sich überfressen und ist zerplatzt.

## *D er   F u c h s   u n d   d e r   H u n d*

Erzählt wird auch von einem Fuchs, der in einem großräumigen Bau unter vier mächtigen Findlingsblöcken lebte. Er lebte gut, denn die Jagd war immer erfolgreich.

Doch die Jahre vergingen und der Fuchs begann auf dem rechten Vorderlauf zu lahmen, erblindete auf dem linken Auge, biss sich einen, einen zweiten und dritten Zahn aus und hörte schlechter von Monat zu Monat.

Eines Tages lag er mit hungrigem Bauch in der Nähe eines Waldweges. Da kam ein vornehmer Hund, der sich zu Hause gelangweilt hatte, vorbei.

Der Fuchs sagte: «He, du!»

«Was willst du?», fragte der Hund.

«Nichts. Ich will mich nur ein bisschen mit dir unterhalten», sagte der Fuchs. «Bist du ausgerissen daheim?»

«Ja», sagte der Hund. «Es war so langweilig.»

Der Fuchs sagte: «Da komm mit mir, ich habe eine schöne Wohnung – groß genug für zwei.»

Der Hund sagte: «Ich kann es ja einmal versuchen.»

Sie liefen zusammen durch den Wald, vorbei an einem Teich, bis der Fuchs stehen blieb und fragte: «Was meinst du, sollten wir nicht frühstücken?»

«Wie denn das?», fragte der Hund verwundert. «Wir haben doch noch gar nichts gefangen.»

Der Fuchs lachte: «Da mach dir keine Sorgen, Brüderchen. Ich kann dir, wenn du willst und hungrig bist, zwei Dutzend Rebhühner und einen Fasan dazu fangen. Und wenn du noch mehr Hunger hast, fange ich noch mehr.»

Der Hund sagte: «Das wäre ja wunderbar!»

Darauf schnürte der Fuchs zu seinem Versteck und holte vier Rebhühner hervor. «Lass es dir schmecken, Bruder!», sagte er und begann seine Portion zu rupfen. Mitten darin jaulte er leise auf, weil seine linke lahme Pfote so sehr weh tat. Er unterdrückte den Schmerz und tat, als wäre er bester Laune.

Dann gingen sie weiter, der Fuchs führte den Hund zu seinem Bau und sagte: «Wollen wir uns jetzt etwas ausruhen?»

Der Hund sagte: «Das wäre nicht schlecht», und sie fuhren in den Bau ein.

Gegen Abend begaben sie sich zusammen auf die Jagd.

Der Fuchs sagte: «Am besten, wir trennen uns, du gehst hierhin und ich geh dahin.»

Der Hund war's zufrieden und lief los. Der Fuchs rollte sich in einem Brombeergewirr zusammen und schlief.

Als es Nacht wurde, trottete der Fuchs zurück und kurz vor seinem Bau tat er, als könnte er überhaupt nicht mehr laufen. Er kroch hinein und der Hund sagte: «Was ist denn mit dir?»

«Ach Bruder, ich wollte gerade drei junge Rebhühner für dich fangen und landete in einem großen Dornengestrüpp, stach mir einen Dorn ein und kann nun überhaupt nicht mehr laufen. Ja wirklich, ich kann mit dem linken Lauf nicht mehr auftreten.»

Der Hund sagte: «Dann bleib du zu Hause, bis der Lauf verheilt ist. Was du zum Fressen brauchst, hole ich herbei.»

Nun lag der Fuchs lange Zeit in seinem Bau, schlief und gähnte und reckte sich, wenn der Hund nicht da war. Er begann sich zu langweilen. Eines Abends sagte er zum Hund: «Ich denke, mein Lauf heilt schon ganz gut.»

Der Hund meinte: «Das ist sehr schön, dann können wir ja bald wieder zusammen auf Jagd gehen.»

«Ja, gleich wenn die Sonne aufgeht», rief der Fuchs, als könnte er vor Freude kaum den Morgen erwarten.

Doch als die Sonne aufging, klagte und jammerte er wieder und blieb liegen. Der Hund bedauerte ihn und schleppte genügend zu fressen an. Am dritten Morgen darauf fing er einen fetten Hasen und brachte ihn in den Bau. Dann verschwand er wieder im Wald.

Als er Abends heimkam, lag der Fuchs da, als wäre er halb tot.

Der Hund sagte: «Was ist denn nun wieder?»

«Ach, ich weiß nicht, der Rücken tut mir furchtbar weh und als ich ein Stück vom Hasen abbeißen wollte, biss ich mir zwei Zähne aus.»

«Ach, armer Kerl», sagte der Hund. «Du wirst wohl nie wieder richtig gesund.»

Der Fuchs riss weit das Maul auf und der Hund sah, dass ihm tatsächlich sogar drei Zähne fehlten. Der Fuchs sagte aber: «Hab Geduld, Brüderchen, ehe der Winter kommt, sind sie nachgewachsen und dann gehen wir wieder zusammen auf Jagd. Dann werde ich für dich jagen und so viel heranschleppen, dass gar nichts mehr in deinen Bauch hineingeht.»

«Na schön», sagte der Hund. «Wer weiß, wie das mit der Krankheit weitergeht. Es könnte ja auch mich treffen. Deswegen bin ich ja auch gern hier und will nicht, dass wir uns trennen.»

Monatelang noch lag der Fuchs da, und weil er sich die Zähne ausgebissen hatte, konnte er nicht einmal mehr einen Hasen häuten, weswegen der Hund ihm kleine Fleischstücke von den Knochen riss und ihn so ernährte. Aber langsam glaubte er nicht mehr recht an die Krankheit des Fuchses.

So verging der Sommer und in Feld und Wald begann die Treibjagd. Flinten knallten und Jagdhunde bellten. Und so war es von einem Tag auf den anderen vorbei mit den schönen Tagen für den Hund mit fröhlicher Jagd und vorbei auch mit der Krankheit des Fuchses.

Der Hund sagte: «Ich will nicht hier in deinem Bau erschossen werden!», und ging hinaus. Dort sah ihn sein Jäger und rief ihn zu sich. Der Hund wedelte mit dem Schwanz und jaulte leise um Verzeihung.

Die anderen Jäger hatten sich rund um den Bau aufgestellt und lösten ihren Dackeln die Leinen. Die Dackel fuhren, jeder durch eine Röhre, in den Bau hinein, doch der war leer. Der Fuchs hatte sich vor langer Zeit zwei neue Ausgänge gegraben, das letzte Stück freilich, zwei Finger breit, war von außen noch zu und nicht zu sehen gewesen. Der Fuchs hatte es einfach mit der Nase durchstoßen und war, bevor die Jäger sich versahen, im Dickicht verschwunden. Sie schossen nach ihm, aber ob sie ihn getroffen haben, weiß man nicht. Niemand hat ihn gefunden.

# Drei Ziegen und der Wolf

Drei Ziegen, eine alte und zwei junge, liefen in ein Birkenwäldchen, um grünes Blatt zu zupfen und junge Rinde zu knabbern. Die erste junge Ziege begegnete dem Wolf. Der Wolf fragte: «Schwesterchen Ziege, wohin gehst du?»

«Ich gehe in das Wäldchen, um grünes Laub zu zupfen, junge Rinde zu knabbern.»

«Was hast du auf dem Kopf?»

«Zwei Hörnchen.»

«Was hast du zwischen den Hinterbeinen?»

«Mein Euterchen.»

«Lass mich einmal saugen», sagte er. Die Ziege ließ ihn und er fraß sie.

Dann kam die zweite junge Ziege. Der Wolf fragte: «Schwesterchen Ziege, wohin gehst du?»

«In das Wäldchen grünes Laub zupfen und junge Rinde knabbern.»

«Was hast du auf dem Kopf?»

«Hörnchen.»

«Was hast du zwischen den Beinen?»

«Mein Euterchen.»

«Lass mich einmal saugen», sagte er. Die Ziege ließ ihn und er fraß sie auf.

Dann kam die alte Ziege. Der Wolf fragte: «Schwester Ziege, wohin gehst du?»

Sie antwortete ärgerlich: «Ins Wäldchen, Laub zupfen, Rinde knabbern.»

«Was hast du auf dem Kopf?»

«Heugabeln.»

«Was hast du zwischen den Beinen?»

«Eine Mordskeule.»

«Was knurrt da in deinem Bauch?»

«Drei starke Jagdhunde.»

Da erschrak der Wolf und flüchtete, sprang über einen Zaun, riss sich den Bauch auf, und die beiden jungen Ziegen sprangen heraus. Alle drei lachten ihn meckernd aus, liefen nach Hause in ihren Stall und dachten nicht mehr an den bösen, gemeinen Wolf.

# Der faule Sohn des Wolfes

Der Wolf hatte einen Sohn, der am Berg unter einem großen Stein wohnte, weil er zu faul war, sich eine Höhle zu bauen. Seine Nachbarn, das Schwein, die Gans und die Ziege, kümmerten sich jeder für sich, um im Winter warm wohnen zu können. Als der Wolf sie bei der Arbeit sah, sagte er: «Ich komme dann zu euch mich aufwärmen.»

Das Schwein schob zwei Dutzend große Rasenstücke zusammen und legte sich in die Mitte. Die Gans zupfte und trug Federn zusammen und richtete sich einen schönen warmen Platz zurecht. Die Ziege aber sammelte Holz und baute sich eine feste Hütte. Bald kam ein schlimmer Winter und der Wolf erschien bei der Wildsau und sagte: «Schwarze Gevatterin, lass mich hinein.»

Die Wildsau antwortete: «Ich lasse dich nicht hinein.»

Da schrie der Wolf: «Wenn du mich nicht hineinlässt, zerstöre ich dir dein Lager.»

Er nahm Anlauf, rannte an, zerstörte das Lager und fraß die Wildsau auf.

Als er ausgeschlafen hatte, ging er zur Gans und sagte: «Gevatterin Gans, lass mich hinein.»

Die Gans antwortete: «Ich lasse dich nicht hinein.»

«Wenn du mich nicht hineinlässt, zerstöre ich dein Nest.» Der Wolf fuhr mit Gewalt in das Nest, zerstörte es und fraß die Gans auf.

Als er ausgeschlafen hatte, ging er zur Ziege und sagte: «Gevatterin Ziege, lass mich hinein.»

Die Ziege antwortete: «Ich lasse dich nicht.»

«Wenn du mich nicht hineinlässt, zerstöre ich deine Hütte.»

Die Ziege ließ ihn nicht hinein. Der Wolf versuchte, die Hütte zu zerstören, aber es gelang ihm nicht. Deswegen versuchte er es anders. «Gevatterin Ziege», sagte er, «morgen ist in der Stadt Jahrmarkt. Wollen wir nicht dorthin gehen?»

Die Ziege wollte sowieso auf den Jahrmarkt gehen. Darum stand sie frühmorgens auf, lief flink in die Stadt, kaufte auf dem Markt einen kleinen Kessel, einen Milchtopf und eine Schöpfkelle und machte sich auf den Heimweg.

Auch der Wolf ging in Eile auf den Jahrmarkt. Die Ziege sah ihn von weitem und versteckte sich unter dem Kessel, aber ihr Schwänzchen war noch zu sehen. Der Wolf kam angerannt, witterte und schnüffelte und biss ein Stück vom Ziegenschwanz ab.

Er brummte: «Rimselte, ramselte, wie schmecken doch diese Wurzelchen gut! Ich habe ja nicht Zeit, alle aus der Erde zu ziehen, auf dem Jahrmarkt wartet die Gevatterin Ziege und die wird mir noch viel besser schmecken.»

Nun rannte er auf den Jahrmarkt und die Ziege mit dem Kessel und den anderen beiden Sachen eilte nach

Hause. Sie machte schnell Feuer im Herd, um Wasser zu kochen.

Nach einer Weile kam der Wolf zurück. Er war hungrig und ärgerlich, weil er die Ziege nicht getroffen hatte.

«Gevatterin Ziege, mach mir auf!», befahl er.

Die Ziege machte nicht auf, darum versuchte er mit Gewalt einzudringen, doch er schaffte es nicht.

«Warum bist du nicht auf den Jahrmarkt gekommen? Mach doch auf.»

«Ich lasse dich nicht herein, du willst mich fressen», antwortete die Ziege.

«Nein, nein, mir ist nur sehr kalt», rief der Wolf.

«Dann warte ein Weilchen, ich will mir gerade Wasser abkochen», sagte die Ziege.

Der Wolf wetzte schon die Zähne. Als das Wasser kochte, schöpfte die Ziege mit der Kelle den Milchtopf voll, öffnete die Tür um einen Spalt und goss das kochende Wasser dem Wolf ins Gesicht, er fiel um, das Maul aufgerissen und die Augen blind und tot.

# Wassermann und Tanzbär

In der weiten Wiesenaue stand einmal eine Mühle, die der Wassermann oft besuchte, um sich im Kessel über dem Herdfeuer Fische zu kochen. Der Müller ärgerte sich jedes Mal darüber, wagte aber nicht, dem Wassermann Haus und Küche zu verbieten.

Einmal kam ein Fremder mit einem großen zotteligen Bären ins Dorf. Es war schon gegen Abend und der Bärentreiber wollte gern hier übernachten, weil er nach langem Weg müde war und sein Bär auch. Doch die Leute hatten Angst vor dem mächtigen Tier und niemand wollte die beiden über Nacht im Haus haben.

Der Mann und sein Bär zogen zum Dorf hinaus, vielleicht, dachte der Mann, finde ich einen Heuschober, wo wir uns hinlegen könnten. Er fand keinen Schober, aber unten am Bach die Mühle. Der Müller war gutherzig und nicht ängstlich und dachte auch an den Wassermann, der vielleicht in der Nacht kommen würde, um Fische zu kochen. Also führte er den Mann und den Bären in die Mühle. Die Frau gab beiden zu essen, der Bärenführer spielte zum Dank dafür lustige Weisen auf dem Dudelsack und der Bär tanzte täppisch dazu. Dann sagte der Müller: «Kette deinen Bären neben der Küche im Mahlraum an und lege dich selbst neben ihn auf die Säcke.»

So geschah es und alle schliefen.

Mitten in der Nacht stieg der Wassermann aus dem Mühlgraben. Er hatte ein Netz mit Fischen bei sich. Er schlurfte auf seinen Schwimmfüßen in die Küche der Müllerin, hängte ihren Kessel über das Herdfeuer, und als das Wasser kochte, warf er seine Fische hinein. Mit dem großen Schöpflöffel hob er ab und zu einen Fisch an, um zu sehen, ob sie schon gar sind.

Die Tür zum Mahlraum stand offen, der Bär hörte das kochende Wasser im Kessel plappern und seiner Nase roch es nach Essen. Er schnüffelte, und je länger das Wasser plapperte, um so besser duftete es ihm. Er stand auf, streifte sich die Kette über den Kopf und ging tapp-tapp-tapp in die Küche. Der Wassermann verkroch sich schnell unter die Ofenbank.

Der Bär schaute eine Weile in das brodelnde Wasser, sah, dass Fische darin kochten, und riss mit seiner Pranke einen Fisch heraus. Der Wassermann sprang auf und drohte ihm mit dem Schöpflöffel.

Er schrie: «Pack dich oder ich schlag dich!»

Den Zottelbären kümmerte weder das Geschrei noch der Schöpflöffel. Er hob einen zweiten Fisch heraus, der Wassermann riss den Löffel hoch und schlug ihn auf die Pranke. Das ärgerte den Bären nun doch, er ging den Wassermann an, fuhr ihm mit seinen mächtigen Prankennägeln ins Fleisch und biss ihm einen Fetzen vom Hinterteil ab. Der Wassermann riss sich los und sprang zerkratzt und gebissen durch das Fenster in den Bach.

Am Morgen zog der Bärentreiber mit dem Bären ins Dorf, spielte lustige Weisen auf dem Dudelsack und der Bär tanzte täppisch und sammelte in ein Körbchen Geld ein. Dabei trug er einen festen Maulkorb, und niemand musste Angst vor ihm haben. Am Abend tauchte der Wassermann wieder an der Mühle aus dem Bach auf. Er trat aber nicht ein und wünschte den Müllersleuten auch keinen guten Abend. Er öffnete nur die Tür einen Spalt, steckte den Kopf hindurch und fragte: «Müller, habt ihr eure grimmige Katze zu Hause?»

Der Müller antwortete: «Ja, sie ist zu Hause. Sie hat jetzt neun Junge, die neun Mal schlimmer sind als die Alte.»

Der Wassermann schlug die Tür zu und rief: «Mich siehst du in deiner Mühle nie wieder!», tauchte ins Wasser und schwamm davon.

Die Müllerin kaufte sich einen neuen Kessel, weil ihr der alte nach dem Wassermann stank und der Bär ihn zerkratzt und verbogen hatte. Sie kochte darin süßen Hirsebrei, schwarze Tunke, fettes Hammelfleisch und am Freitag immer frische Fische aus dem Bach. Für den Wassermann warf sie die Fischköpfe und die Gräten ans Ufer. Denn er war ja ihr Nachbar, und mit dem Nachbarn muss man es gut halten.

# Der Zaunkönig
## und der Storch

Gleich nach der Erschaffung der Welt wollten auch die Vögel ihren König haben. Die großen Vögel wählten den Storch, die kleinen aber den Zaunkönig. Weil sie sich nicht einigen konnten, beschlossen sie, dass König der sein soll, der am höchsten fliegen kann. Der Storch erhob sich sofort, der kleine Zaunkönig aber hatte sich ihm schon heimlich auf den Schwanz gesetzt. Als nun der Storch in große Höhe gestiegen war und höher nicht mehr konnte, schwang sich der Zaunkönig von seinem Platz, flog fünf Flügelschläge höher und zwitscherte spöttisch von oben: «Schau mal, Storch, wie hoch ich über dir bin.»

Nun bestimmten die großen Vögel: «Wer von euch beiden tiefer in den Erdboden einschlägt, soll unser König sein.»

Wieder stiegen beide hoch. Der Storch ließ sich aus großer Höhe hinabfallen, erblickte ein Sumpfloch und stürzte mit angelegten Flügeln hinein. Im Sumpf schlug es ihm den Atem ab.

Der Zaunkönig sah von oben zu und suchte nach einem Mauseloch, ließ sich hinunter und steckte im Mauseloch viel tiefer als der Storch im Sumpf.

Die großen Vögel erbosten sich noch mehr über den Zaunkönig, weil er ihren Storch wieder betrogen hätte und sie nun einem kleinen grauen Zwitscherer gehorchen sollten. Sie berieten und befahlen der Eule vor dem Mauseloch zu wachen und den Zaunkönig zu fangen, sobald er in der Nacht herausgekrochen käme. Alle wussten ja, dass die Eule in der Nacht sehr gut sehen kann.

Die Eule zog auf Wache, aber sie war müde und dachte bei sich: ‹Das linke Auge kann ich ja schließen und mit dem rechten weiter aufpassen.›

Als das rechte Auge müde war, schloss sie es und öffnete das linke. Bald aber war auch das linke müde. Sie schloss es, vergaß jedoch das rechte zu öffnen. So schlief sie ein, der Zaunkönig kroch aus dem Mäuseloch, flog davon und war allein der König der ganzen Vogelwelt, weil die Eule geschlafen hatte.

Von diesem Tag an darf die Eule sich am Tag nicht mehr blicken lassen.

So ist es gekommen, dass die Eule nur in der Nacht jagt, am helllichten Tag aber von den kleinen Vögeln verspottet, gejagt und verjagt wird.

## Mäuse in Not

Die Mäuse kamen einmal zu einer Volksversammlung zusammen, um zu beraten, wie sie sich gegen die Katzen wehren könnten, die immer Mäuse fressen wollen. Am Ende kamen sie überein, dass man den Katzen einen Maulkorb anbinden muss. Dann gingen sie nach Hause, jede in ihr Loch.

Eine kranke Maus kam ihren Nachbarn hinkend entgegen und fragte, was sie beraten und beschlossen hätten. Die Nachbarn erzählten alles und sagten am Ende stolz: «Ja, so wird es sein. Wir werden den Katzen den Maulkorb anbinden.»

Die kranke hinkende Maus fragte: «Ja, und welche macht das denn als Erste?»

Da sagte eine: «Ich nicht!», eine andere: «Ich auch nicht!», und die dritte sagte: «Wenn ich ihr mit dem

Maulkorb käme, würde sie mich gleich auffressen.» Und die vierte, die zehnte und die hundertste Maus fiepten ängstlich im Chor: «Ich nicht!»

Und so ist es dabei geblieben, dass die Katzen immer noch frei auf Mäusefang gehen.

## *Spinne, Fliege, Katze und Maus*

Einmal hatte die Fliege ein kleines Hirsekorn gefunden und wollte es über das Meer tragen. Aber das Körnchen war zu schwer für sie und darum spann die Spinne eine Brücke, auf der die Fliege zu ihrem Bauern laufen und ihm das Körnchen schenken konnte. Dafür versprach der Bauer der Spinne und der Fliege und allen ihren Nachkommen ein Ausgedinge auf seinem Hof. Alles wurde aufgeschrieben und unterschrieben.

Die Fliege und die Spinne wussten nicht, wo sie das Dokument verstecken könnten.

Die Fliege wollte die Katze fragen, weil die sich ja im ganzen Haus auskenne. Die Katze riet, das Dokument auf dem Oberboden unter einem Balken zu verstecken. Und so geschah es.

Nach einiger Zeit übernahm ein junger Bauer den Hof und begann Fliege und Spinne aus dem Haus zu treiben. Sie wollten ihm ihr Recht mit dem Dokument beweisen. Die Katze rannte auf den Oberboden, suchte und fand aber nichts. Die Mäuse hatten das Dokument zerfleddert und damit ihre Nester gepolstert. Die Spinne wurde sehr böse auf die Fliege, weil diese geraten hatte, die Katze zu fragen, und fraß sie auf. Die Katze aber wurde böse auf die Mäuse und jagt sie von diesem Tag an,

um das Dokument im Bauch einer von ihnen wieder-
zufinden.

Bis heute hat sie umsonst gejagt und gejagt und nichts
hat sie gefunden. Und morgen wird sie auch nichts finden.

## Die Grille und die Ameise

Einmal war der Winter sehr kalt. Da kam eine Grille zur
Ameise und klagte, dass sie sehr hungrig sei und nichts zu
essen habe.

Die Ameise fragte: «Was hast du denn im Sommer
gemacht?»

«Nun», antwortete die Grille, «ich habe gediedel-
dudelt.»

Die Ameise sagte: «Wenn du im Sommer gediedel-
dudelt hast, dann kannst du im Winter mit dem Hunger
tanzen.»

## Vater und Sohn Bär

Vater Bär saß mit seinem jungen Sohn auf einem Wiesen-
hang, und sie genossen die Frühlingssonne.

Der Bärensohn fragte: «Vater, wer ist der Stärkste auf
der Welt?»

«Das ist der Mensch, mein Sohn. Er ist der Stärkste.»

Der Junge sagte: «Ich würde gern einmal einen sehen
und mich mit ihm messen.»

Der Altbär sagte: «Setzen wir uns an den Straßenrand.
Da kommt sicher bald einer vorbei.»

Sie setzten sich, und schon bald schlenderte ein Junge
vorbei.

Der Jungbär fragte: «Vater, ist das ein Mensch?»

Der Alte wiegte den Kopf: «Das will erst einer werden.»

Dann hinkte ein lahmer Graubart vorbei, und der Jungbär fragte: «Ist das ein Mensch, Vater?»

«Er wird es nicht mehr lange sein», antwortete der Alte.

Nun erschien ein Mann mit einer Karre voller Steine. Der Jungbär sprang auf. «Aber das ist jetzt einer! Darf ich mit ihm raufen?»

Der Alte rief ihm nach: «Aber pass auf!», und machte Augen und Ohren zu. Nach einer Weile fiel der Junge stöhnend neben ihn ins Gras.

Der Alte fragte: «Weißt du nun, was ein Mensch ist?»

Der Junge schluckte. «Ich wollte bloß ringen mit ihm, so zum Spaß. Aber er hat gleich mit schweren Steinen nach mir geworfen. Ich blute überall.»

«Das heilt wieder», meinte der Altbär. «Und du weißt nun, dass der Mensch der Stärkste auf der Welt ist.»

Der Junge nickte nur, und dann zogen sie zurück in den Wald, Vater Bär vornweg und der Sohn in seiner Spur.

Goldene Schlösser
auf glattgläsernen Bergen –
nur der Zauberer Traum
gelangte hinauf.
Er linste durch einen Fensterspalt,
bestrafte die Bösen,
machte glücklich die Guten,
zauberte den Schäfer
der Prinzessin ins Bett,
dem Bauernmädchen den Grafen
und sang eiapopeia für die
unten vor dem unersteigbaren
gläsernen Berg.

# *Bruder und*
# *Schwester*

Ein Mann und eine Frau lebten in Irgendwo. Sie hatten zwei Kinder, ein Mädchen und einen Jungen. Die Kinder hingen sehr aneinander.

Das Mädchen war schön. Wenn sie lachte, blühten Rosen aus ihrem Mund. Wenn sie sich kämmte, fielen goldene Sternchen aus ihrem Haar. Wenn sie sich die Hände wusch, wanden sich goldene Perlen um ihre Hände.

Auch ihr Bruder war ein schöner Junge.

Ihre Mutter starb und der Vater nahm eine Witfrau zu sich. Diese Frau brachte ihre Tochter mit. Die vier Leute vertrugen sich zwar, aber sie hatten sich nicht gern.

Darum verdingte sich der Bruder bald beim Gutsherrn als Kutscher. Dort quälte ihn Heimweh und auch eine stille Sehnsucht nach seiner schönen Schwester. Er malte sich ein Bild von ihr und hängte es an die Stalltüre. Jedes Mal, wenn er in den Stall ging, lachte er und jedes Mal, wenn er hinausging, war er traurig.

Einmal bemerkte das der Herr und fragte verwundert: «Kutscher, warum lachst du, wenn du in den Stall gehst, und weinst, wenn du hinausgehst?»

Der Kutscher wollte ihm nicht gleich die Wahrheit sagen, aber schließlich erzählte er: «Ich habe zu Hause bei der Stiefmutter eine Schwester, die ist sehr schön. Wenn sie lacht, blühen Rosen aus ihrem Mund, wenn sie sich kämmt, fallen ihr goldene Sternchen aus dem Haar, wenn sie sich die Hände wäscht, winden sich goldene Perlen um ihre Hand. Ihr Bild hängt an der Stalltür, und wenn ich hineingehe, bin ich froh, dass ich die Schwester sehe, und wenn ich hinausgehe, bin ich traurig, dass ich sie verlassen musste.»

Da sagte der Herr: «Geh, hole das Bild und zeige es mir!»

Der Knecht tat so. Dem Herrn gefiel das Bild sehr und er fragte, ob die Schwester wirklich so schön sei.

Der Knecht antwortete: «Sie ist viel schöner, als ich sie malen kann.»

Darauf befahl der Herr ihm, zwei Pferde vor die Kutsche zu spannen und seine Schwester herzubringen. Der Bursche fuhr fröhlich los.

Die Stiefmutter wollte mit ihrer Tochter gleich mit zum Herrn fahren. Die schöne Schwester freute sich auf die Reise, zog ihre liebsten Kleider an und hängte sich Glasperlen um den Hals. Zu viert fuhren sie los. Der Weg führte an einem breiten Strom über eine hohe Brücke. Der Bruder sorgte sich um seine Schwester, weil sie das große Wasser fürchtete. Er rief in den Wagen: «Schwesterchen, schau nicht hinaus, damit der Wind dir nicht die Wangen aufraut.»

Die Schwester verstand nicht und fragte die Stiefmutter: «Was sagte mein Bruder?»

Die Stiefmutter flüsterte: «Schau hinaus, schau, wie schön das Wasser hier fließt.»

Das Mädchen beugte sich aus dem Fenster, die böse Stiefmutter stieß es hinaus, das Mädchen stürzte ins Wasser und flog als Ente davon.

Der Bruder bemerkte nichts und gelangte zum Schloss. Die Stiefmutter und ihre Tochter stiegen aus.

Der Herr sagte zu der Tochter: «Lache!»

Und sie lachte mit breitem Mund und gelben Zähnen.

Er sagte: «Kämm dich!»

Und sie kämmte sich, und Läuse fielen ihr aus dem Haar.

Er sagte: «Wasch dir die Hände!»

Und alter Schmutz blieb an ihren Fingern kleben.

Da wurde der Herr zornig und fragte die Stiefmutter, was er mit dem Bruder machen sollte. Sie antwortete: «Hänge ihn an den Haaren an einer Stange im Schornstein auf!»

Der Herr ließ ihn dort nackt hinhängen, der Bursche wusste nicht warum und was mit seiner Schwester geschehen war.

Als sich die erste Nacht näherte, schüttelte eine Ente auf dem Schornstein ihr Gefieder aus. Sie kam herabgeflogen – es war die Schwester. Sie brachte dem Bruder ein weißes Hemd und zog es ihm an. Dann sagte sie: «Knak, knak, mein liebes Brüderchen, zwei Nächte noch komme ich und dann nie wieder.»

Als ein Knecht ihm frühmorgens heimlich etwas zu essen brachte, wunderte er sich sehr, dass der Bursche, den sie nackt aufgehängt hatten, ein weißes Hemd trug, und er fragte danach.

Der Bursche sagte: «In der Nacht kam eine Ente geflogen und zog mir das Hemd an. Die Ente aber war meine Schwester, die die Stiefmutter auf der Fahrt hierher in den Strom gestoßen hat.»

Der Knecht erzählte das dem Herrn. Als die zweite Nacht anbrach, wartete der Bruder, und heimlich auch der Herr, auf die Ente.

Die Ente kam und setzte sich auf die Stange: «Knak, knak, mein liebes Brüderlein, eine Nacht noch komme ich und dann nie wieder.»

Und sie flog davon.

In der dritten Nacht wartete der Herr wieder. Die Ente flog an, setzte sich und klagte traurig: «Knak, knak, mein liebes Brüderlein, ach nun sehe ich dich nie wieder!»

Als sie das sagte, fing der Herr sie am Flügel und fragte, ob und wie er ihr helfen könne. Sie sagte: «Ich bin am linken Fuß mit einer Kette gefesselt. Wenn du sie mit einem Schwertschlag durchschlägst, werde ich wieder ein Mensch.»

Er durchschlug die Kette, und vor ihm stand ein wunderschönes Mädchen.

Er sagte zu ihr: «Lache!»

Sie lachte, und aus ihrem Mund blühte eine Rose.

Er sagte: «Kämm dich!» Sie kämmte sich und goldene Sternchen fielen aus ihrem Haar.

Er sagte: «Wasch dir die Hände!» Sie wusch sich die Hände und goldene Perlen wanden sich um ihre Hand.

Der Herr konnte sich nicht satt sehen an ihrer Schönheit, nahm das Mädchen an die rechte und ihren Bruder an die linke Hand und ging mit ihnen ins Schloss. Dort fragte er die Stiefmutter: «Was soll ich machen?»

Die dachte, dass er fragt, was er mit dem Mädchen machen soll, und antwortete: «Lass sie einem altem Gaul an den Schwanz binden, bis sie stirbt.»

Der Herr sagte: «Da du dir einen solchen Tod wünschst, sollst du ihn auch haben.»

Das Mädchen aber erbat das Leben der Stiefmutter. Der Herr schickte die böse Frau weit weg und nahm die Schöne zur Frau. Ihrem Bruder aber übertrug er die Aufsicht über seine Ländereien und sah, als die junge Frau ihr erstes Kind geboren hatte, dass sie noch schöner geworden war.

# Das goldene
# Hühnchen

Einmal an einem Winterabend vor langer Zeit stand eine Kerze auf dem Tisch und wusste nicht, ob sie leuchten sollte oder erlöschen.

Auf der Ofenbank saßen Großmutter und Großvater. Die Großmutter sagte: «Ich will dir ein Märchen erzählen von dem goldenen Hühnchen: ‹Es war einmal ...›» Da musste sie husten.

Der Großvater sagte: «Da erzähle!»

Die Großmutter sagte: «Ich habe nicht gesagt ‹Da erzähle›, sondern dass ich dir ein Märchen erzählen will vom goldenen Hühnchen.»

«Warum erzählst du nicht?»

«Ich habe nicht gesagt ‹Warum erzählst du nicht›, sondern ich habe gesagt, ‹Ich will dir ein Märchen erzählen von dem goldenen Hühnchen›.»

«Was redest du da so dumm?»

«Ich habe nicht gesagt ‹Was redest du da so dumm?›, sondern ich habe gesagt, ‹Ich will dir ein Märchen erzählen von dem goldenen Hühnchen›.»

Da stand der Großvater auf, brummte: «Erzähl es dir selbst», pustete die Kerze aus und ging aus der Stube.

# Das Fellmännlein

Auf einem Heidehof lebten ein Mann und eine Frau mit ihrer Tochter. Die Frau starb und das Mädchen ging jeden Tag die Patentante besuchen. Und die Patentante sagte jeden Tag zu ihr: «Rede deinem Vater zu, dass er mich zur Frau nimmt. Ich werde dir dafür jeden Abend mit süßem Bier die Füßlein waschen und mit Milch dein Köpflein.»

Und das Mädchen redete dem Vater zu, der schließlich die Patentante zur Frau nahm. Nun war sie Stiefmutter des Mädchens. Am ersten Abend wusch sie ihr die Füße mit süßem Bier und den Kopf mit Milch. Am zweiten Tag schickte sie das Mädchen ungewaschen ins Bett.

Die Stiefmutter hatte auch eine Tochter, die sie täglich mit süßem Bier und Milch wusch.

Eines Tages sagte die Stiefmutter zu ihrem Mann: «Was sollen wir denn mit zwei Töchtern?»

Der Mann antwortete nicht.

Die Stiefmutter buk einen Stollen aus Lehm und legte ein Stück harten Käse dazu. Damit schickte sie das Mädchen in den Wald und verjagte mit ihr auch den Hund und die Katze, weil sie hungrige Fresser seien. Mit dem Lehmstollen und dem Käse irrte das Mädchen den ganzen Tag durch den endlosen Wald, fand gegen Abend eine Hütte und trat ein. Weil sie hungrig war, knabberte sie am Lehmstollen und am Käse und gab auch dem Hund und der Katze davon. Da klopfte es an der Tür und von draußen rief jemand: «Schönes Mädchen, lass mich hinein!»

Das Mädchen fragte ihre beiden Freunde: «Was ratet ihr mir, Hund und Katze? Soll ich ihn hereinlassen oder soll ich ihn nicht hereinlassen?»

Die beiden sagten: «Ja, geh und lass ihn herein. Wenn es schlimm kommt, werden wir kratzen und beißen.»

Das Mädchen öffnete die Tür und ein befelltes kleines Männlein stand da und fragte: «Darf ich über Nacht hier bleiben?»

Das Mädchen sagte: «Du darfst», und gab ihm vom Stollen und vom Käse.

Am Morgen war das Männlein verschwunden. Am zweiten Abend klopfte es wieder an der Tür. Das Mädchen fragte: «Meine Freunde, Hündchen und Kätzchen, soll ich?»

Beide antworteten: «Ja, wenn es schlimm kommt, werden wir kratzen und beißen.»

Sie ließ das Männlein herein und fragte: «Wie heißt du?»

Es sagte: «Fellmännlein.»

Sie gab ihm Abendessen wie am Tag zuvor und es blieb die ganze Nacht.

Den dritten Abend kam das Fellmännlein wieder und klopfte. Das Mädchen fragte: «Hündchen und Kätzchen, soll ich?»

Sie antworteten: «Ja, ja. Wenn es schlimm kommt, werden wir kratzen und beißen.»

Das Männlein trat ein, aß zu Abend und legte sich schlafen.

Als die verstoßene Tochter am Morgen aufwachte, lag sie in einem wunderschönen Haus. Sie stand auf und sah viele Tiere um sich herum, die ihr die Hochzeitstracht herantrugen. Als sie sie angekleidet hatten, erschien statt des Fellmännleins ein schöner junger Mann.

Er sagte: «Du hast mich vom bösen Zauber erlöst.»

Er nahm sie an die Hand und führte sie über eine Marmortreppe in einen großen Saal. Dort kam ihnen seine Mutter entgegen. Sie hatte lange, lange um ihren Sohn, der Kosmodin hieß, geweint und umarmte nun vor lauter Glück das Mädchen, das ihn erlöst hatte.

Die Hochzeitsgäste warteten schon. Auf dem Hof sangen Hähne und das Mädchen sah viele Hühner, Enten und Gänse. Stallmädchen und Stallknechte eilten hin und her und fütterten Vieh und Pferde. Auf dem Dach gurrten Tauben und im Garten blühten die schönsten Blumen. Der Kirchturm läutete mit drei Glocken und der Hochzeitszug zog in die Kirche ein, voraus Musikanten und Hündchen und Kätzchen mit einem seidenen Band um den Hals. Das Mädchen und der erlöste Kosmodin wurden getraut als Mann und Frau und das Kätzchen schenkte sein Band der Braut und das Hündchen das seine dem Mann. – Köche bereiteten das beste Hochzeitsessen und die Hochzeit war fröhlich und dauerte drei Tage. Auch nach der Hochzeit war da lauter Freude.

Einmal dachte die junge Frau, ob sie nicht nach ihrer Stiefmutter sehen sollte, und ihr Mann ließ gleich vier Rappen vor die Kutsche spannen.

Als sie zur Stiefmutter kam, erkannte diese sie nicht. Die junge Frau gab sich zu erkennen, und die Stiefmutter konnte sich nicht genug wundern, dass aus dem kleinen Mädchen eine so vornehme schöne Frau geworden war, und ließ sich alles aufs Kleinste erzählen. Dann sagte die junge Frau Auf Wiedersehen und fuhr nach Hause.

Gleich am nächsten Morgen buk die Stiefmutter ihrer eigenen Tochter einen Stollen aus bestem Weizenmehl, bereitete einen Sahnekäse für sie und gab ihr eine Flasche Wein mit. So schickte sie sie in den Wald und ließ einen Hund und eine Katze mitgehen. Die drei liefen bis zum Abend durch den Wald und fanden das Häuschen und traten ein.

Dort aß das Mädchen zu Abend und trank dazu den Wein und gab dem Hund und der Katze nichts. Als es dunkel war, klopfte es an der Tür und das Mädchen fragte: «Lumpenhund und Stinkkatze, was ratet ihr, soll ich aufmachen oder nicht?»

Die beiden sagten: «Allein gegessen, allein getrunken, allein wisse dir Rat.» Und das Mädchen ließ das Männlein nicht herein und gab ihm nichts zu essen und nichts zu trinken.

Am nächsten Abend klopfte es wieder und das Mädchen fragte: «Was ratet ihr, Lumpenhund und Stinkkatze?», und beide antworteten: «Allein gegessen, allein getrunken, allein wisse dir Rat.»

Das Mädchen ließ das Männlein herein, gab ihm aber nichts zu essen und nichts zu trinken.

Am dritten Abend kam das Männlein wieder und auch dieses Mal gab ihm das Mädchen nichts zu essen und nichts zu trinken.

Als das Mädchen am dritten Morgen erwachte, lag es mitten im Wald auf einem Haufen alten verrotteten Laubes und hatte zerschlissene schmutzige Kleider an. Hungrig und müde irrte sie durch die großen Wälder, und wenn sie nicht herausgefunden hat, so irrt sie immer noch im Wald herum.

## Zickedar

Ein Mann und eine Frau hatten eine Tochter, die sehr faul war und jede dritte Woche noch dreimal fauler. In einer solchen Woche erzürnte der Vater sehr, nahm den Stock und jagte das Mädchen rund um das Haus. Da fuhr gerade ein vornehmer Herr vorbei und fragte den Vater: «Warum schlägst du deine Tochter?»

Der Vater antwortete gewitzt: «Sie hat allen Flachs gesponnen und nun hat sie angefangen, aus Haferstroh Seide zu spinnen. Das ist mir zuviel!»

Da sagte der Herr: «Gib sie mir mit, ich will ihr genügend zu spinnen geben.»

Der vornehme Herr nahm das Mädchen in seine Kutsche und schickte sie schon am nächsten Tag in die

Scheune. Dort waren beide Tennenkammern voller Haferstroh, aus dem sie Seide spinnen sollte. Das Mädchen weinte jämmerlich, weil es ja nicht einmal Flachs spinnen konnte und nun aus Stroh Seide spinnen sollte. Plötzlich stand ein graues Männlein vor ihr und sagte: «Bräutchen, wenn du mir versprichst, dass du mein wirst, werde ich alles für dich spinnen.»

Das Mädchen versprach das auf der Stelle, und es dauerte gar nicht lange, da hatte das Männlein alles Stroh zu Seide versponnen.

Dann sagte es: «Nun werde ich dich zur Frau nehmen.»

In diesem Augenblick trat der Herr in die Scheune und das Männlein verschwand, flüsterte aber schnell noch dem Mädchen zu: «Wenn du meinen Namen nicht errätst, musst du die Meine sein.»

Der Herr erblickte die gesponnene Seide und rief: «Nun werden wir die Hochzeit ausrichten! Du wirst meine Herrin sein.»

Als das Mädchen allein war, weinte es bitterlich, weil es sich ja dem Männlein versprochen hatte. Die Hochzeit wurde gefeiert und die Gäste waren sehr fröhlich, aber die Braut hörte nicht auf zu weinen und kein Lachen konnte sie lachen machen.

Darum schickte der Herr einen Diener aus, damit der etwas Neues fände, was sie lachen machte.

Der Diener wanderte suchend durch die weite Heide und traf ein Männlein, das einen Holzstoß aufschichtete, wobei es herumsprang, herauf und herunter am Holzstoß, und sang: «Wenn das Bräutlein wüsste, wie ich heiße, würde es längst lachen. Ich bin Zickedar.»

Der Diener kehrte zum Herrn zurück und erzählte: «In der Heide hat ein Männlein einen Holzstoß gebaut und dabei gesungen: ‹Wenn das Bräutlein wüsste, wie ich heiße, würde es längst lachen. Ich bin Zickedar.›»

Da begann das Bräutlein zu lachen und war fröhlich wie alle Hochzeitsgäste.

Es dauerte nicht lange, da kam das graue Männlein zu der Hochzeitsfeier und hüpfte die Treppen hinauf und herunter und sang: «Rate, rate, Bräutlein mein, wie ich heiße.»

Das Bräutlein fragte: «Bist du Peter mit der Rotznase?»

Das Männlein lachte laut und sagte: «Das bin ich nicht!», und sang weiter: «Rate, rate, Bräutchen, wie ich heiße.»

Die Braut sagte: «Bist du der Dummerjan?»

Das Männlein lachte wieder laut und sagte: «Das bin ich auch nicht!», und sagte zum dritten Mal: «Rate, rate, Bräutchen, wie ich heiße.»

Die Braut sagte: «Bist du vielleicht Zickedar?»

Das Männlein erschrak und verschwand. Zurück blieb eine graue Wolke, die so schlimm roch, dass alle Gäste sich die Nase zuhielten.

Die Braut aber lachte fröhlich und die Musikanten spielten den Großen Brauttanz für sie.

# Der gläserne Berg

Eine Mutter hatte sieben Söhne, wilde und ausgelassene Burschen. Sie musste häufig mit ihnen schimpfen, wobei ihr manchmal auch ein Schimpfwort entschlüpfte.

Eines Nachmittags, als die Burschen gerade besonders laut herumtobten, flog eine Schar Raben vorbei, die Mutter kam eben vom Feld und rief ihren Söhnen zu:

«Ihr wilden Raben, ich wollte, dass ihr gleich mit ihnen wegfliegt!»

Kaum hatte sie die Worte ausgesprochen, wurden die Burschen in Raben verwandelt, flogen wie der Wind aus dem Fenster auf und davon.

Die Mutter erschrak zu Tode und rang die Hände, aber es war umsonst, ihre Söhne kehrten nicht zurück.

Im Hause geblieben war nur eine Tochter. Sie sah die Mutter oft weinen und fragte, warum sie immer so traurig sei. Die Mutter erzählte ihr von ihren sieben Brüdern, die durch ein böses Wort von ihr in Raben verwandelt wurden. Wo sie nun aber waren, wusste sie nicht. Das Mädchen ging zu seiner Tante, die als überaus kluge Frau weit und breit bekannt war. Von ihr erfuhr sie, dass ihre Brüder auf dem gläsernen Berg hausen, und sie beschloss, ihre Brüder zu suchen und zu erlösen.

Auf dem Weg dahin besuchte sie die Patentante. Die Tante kochte ihr zu Mittag ein Hühnchen. Das Mädchen warf die Hühnchenknochen unter den Tisch.

Die Patentante sagte: «Liebes Patenkind, sammle alle Knochen und Knöchelchen zusammen und binde sie in deinen Beutel. Wenn du in Not gerätst, werden sie dir helfen!»

Das Mädchen ging weit, weit über das Land und kam schließlich auch zum gläsernen Berg. Der Berg war glatt ohne Brüche und Spalten und sie konnte nicht hinaufsteigen. Sie entsann sich der Knochen und Knöchelchen in ihrem Beutel und legte sie wie Treppenstufen vor sich hin, bis hinauf zum Gipfel.

Mit großer Mühe gelangte sie dahin. Sie fand eine kleine Hütte, trat ein und sah im Ofen sieben Schüsselchen mit Essen stehen. Sie kostete aus jedem und legte in das letzte ihren silbernen Ring. Sie sah sieben Betten dastehen, und weil sie müde war, legte sie sich hin und schlief ein.

Nach einer Weile flogen wie ein Sturmwind sieben Raben herein und nahmen Menschengestalt an.

Als der erste sein Essen kostete, sagte er: «Mein Essen riecht nach Mensch.»

Dann riefen auch die anderen, dass jemand von ihrem Essen gekostet habe.

Als aber der siebente Rabe einen silbernen Ring in seinem Schüsselchen fand, wussten sie, dass wirklich jemand hier gewesen war. Sie suchten und fanden das Mädchen schlafend im Bett. Sie verwunderten sich sehr, weckten die Fremde und fragten: «Wer bist du und wie bist du hergekommen?»

Sie antwortete ihnen ohne Furcht: «Ich suche meine sieben Brüder, die in Raben verzaubert worden sind.»

Da erkannten sie ihre Schwester und sangen vor Freude. Sie blieb über Nacht, und am Morgen sagten ihre Brüder: «Jetzt lauf und eile, dass du vom Berg hinunter kommst. Denn nachmittags werden wir wieder Raben sein und erst nach sechs Tagen wieder als Menschen leben dürfen. Nur jeden siebten Tag sind wir Menschen. Wenn du aber am Nachmittag noch nicht den Berg hinunter bist, werden wir dich nicht mehr kennen, sondern dich anfallen. Wenn du aber eher unten bist, werden wir erlöst sein.»

Das Mädchen raffte sofort sein Bündelchen auf und lief hinunter. Die Knochen und Knöchelchen, die sie gestern ausgelegt hatte, waren ihre Treppe, auf der sie gut und schnell abwärts gelangte. Schließlich hatte sie nur noch einige Stufen vor sich, als sie eine Schar schwarzer Raben auf sich zufliegen sah. Sie übersprang mit einem Satz die letzten Stufen, bevor die Raben sie erreichten.

So wurden ihre Brüder erlöst.

Sie kehrte mit ihren Brüdern zur Mutter zurück, und das ganze Dorf feierte die glückliche Heimkehr der sieben Söhne.

# Das fliegende Boot

Ein Heidebauer hatte drei Söhne. Der jüngste war nicht sehr klug, dafür aber sehr brav. Einmal ließ der König verkünden, dass man ihm ein Boot bauen soll, das in der Luft fliegen kann: Wer ein solch fliegendes Ding baut, bekommt einen großen Preis und wird der zweite Mann nach dem König im Lande sein.

Als das der alte Bauer hörte, sagte er seinen Söhnen: «Burschen, ihr habt das Zimmerhandwerk erlernt. Seht zu, dass ihr ein solches Boot baut. Wenn es euch gelingt, erhalten wir einen großen Preis und können uns ein Rittergut kaufen.»

Der älteste Sohn ging sofort an die Arbeit. Weil er für das Boot Holz brauchte, begab er sich in die Heide um Bäume zu fällen. Mit sich trug er sein Vesperbrot.

Unterwegs begegnete ihm eine grauhaarige Alte und fragte ihn nach seinem Weg. Der junge Bauernbursche sagte, dass er in die Heide gehe Bäume fällen. Die grauhaarige Alte begleitete ihn.

Als sie in die Heide kamen, setzte sich der Bursche hin um zu vespern.

Die Alte sagte: «Gib mir etwas ab, ich habe Hunger.»

Er antwortete: «Jeder schaut zuerst auf das Seine.»

Die Greisin sagte: «Dann strenge dich an, soviel du willst. Du wirst doch nur einen Schweinetrog zusammenschustern.» So sprach sie und verschwand.

Der Bursche machte sich an die Arbeit, aber so sehr er sich auch anstrengte, bis zum Abend hatte er nichts fertig als einen Schweinetrog.

Am nächsten Morgen ging der zweite Bruder auf dem gleichen Weg in die Heide. Auch ihm begegnete die greise Frau. Als der Bursche sich hinsetzte um zu vespern, setzte sie sich zu ihm und sagte: «Nun, du wirst mir doch sicher etwas von deiner Vesper abgeben.»

Er antwortete: «Zuerst ich, dann die anderen.»

Die Alte kicherte und sagte: «Dein Bruder hat einen Schweinetrog zusammengeschustert, und du wirst auch nur einen Schweinetrog zustande bringen.»

Und so geschah es. Der Bursche konnte es anfangen, wie er wollte, am Abend hatte er nur den Schweinetrog fertig.

Den dritten Tag ging der dritte Bruder, der nicht so kluge, in die Heide. Auch ihm begegnete die Alte und sagte: «Nun Hans, wo willst du denn schon so frühzeitig hin?»

«Tante», antwortete er, «ich gehe in die Heide Holz fällen und dann will ich ein Boot bauen, das fliegen kann. Aber erst werde ich vespern und dann fange ich an zu arbeiten.»

Er setzte sich hin, holte sein Vesperbrot heraus und sagte freundlich zu der Alten: «Tante, wenn du Appetit hast, so warte nicht auf Einladung.»

Die Alte setzte sich neben ihn, und sie vesperten. Als sie gegessen hatten, sagte die Alte: «Hans, bevor die Sonne im Abend verschwindet, hast du dein fliegendes Ding fertig!», und verschwand.

So geschah es, dass, bevor die Sonne im Abend verschwand, Hans sein fliegendes Ding gebaut hatte. Er setzte sich hinein und erhob sich in die Luft. Über ihrem

Gehöft hielt er an und rief hinunter: «Ich fliege zum König!»

Der Bauer und die beiden Brüder sahen ihm nach und die Brüder sagten: «Nun, da ist unserem nicht so klugen auch einmal etwas gelungen.» Und sie ärgerten sich sehr, dass es ihnen nicht gelungen war.

An die Alte, der sie nichts vom Vesperbrot gegeben hatten, dachten sie nicht.


# Die gläserne Linde

Ein Witwer, der eine Tochter hatte, heiratete eine Witwe, die auch Töchter hatte. Nach einiger Zeit wurde die Witwe zu einer bösen Stiefmutter für das Mädchen des Witwers und war nur gut zu ihren Töchtern, von denen die erste ein Auge, die zweite zwei, die dritte drei und die vierte vier Augen hatten.

Die Tochter des Mannes musste allein das Vieh hüten und bekam von der Stiefmutter nur einen Brocken altes Brot und gepfefferten Quark mit auf die Weide, und doch blühten ihre Wangen mehr als die Wangen der Stiefschwestern. Die Stiefmutter war eifersüchtig und wollte zu gern wissen, warum und wodurch das Mädchen so schön sei. Darum schickte sie ihre älteste Tochter mit dem einen Auge mit auf die Weide, um aufzupassen, was die andere so schön und gesund mache.

Sie trieben die Herde auf die Weide und die Einäugige sagte zu der Stiefschwester: «Setz dich hinter mich und kämme mir die Haare.»

Die Tochter des Mannes kämmte ihr die Haare und sagte flüsternd: «Schlaf, Einaug!», und Einaug schlief ein. Nun kam eine bunte Kuh und gab dem Mädchen aus dem einen Horn zu trinken und aus dem anderen zu essen.

Am Abend trieben sie die Herde nach Hause und die Stiefmutter fragte Einaug: «Was hast du gesehen?»

Sie hatte aber nichts gesehen.

Am nächsten Tag ging die zweite Tochter mit auf die Weide und sagte: «Kämme mir das Haar!»

Die Tochter des Mannes flüsterte: «Schlaf Einaug, schlaf Zweiaug!»

Wieder kam die bunte Kuh und gab ihr aus einem Horn zu trinken und aus dem anderen zu essen.

Gegen Abend sagte die Tochter des Mannes: «Steh auf, Schwesterchen, wir treiben heim!»

Daheim fragte die Stiefmutter ihre Tochter: «Was hast du gesehen?»

Sie hatte nichts gesehen.

Am nächsten Tag trieb die dritte Tochter das Vieh mit auf die Weide. Dort sagte sie: «Setz dich, Schwester, und kämme mir das Haar.»

Flüsternd sprach diese: «Schlaf Einaug, schlaf Zwei-aug, schlaf Dreiaug!»

Wieder kam die bunte Kuh und gab ihr aus einem Horn zu trinken und aus dem anderen zu essen.

Als es Abend wurde, sagte die Tochter des Mannes: «Schwesterchen, wach auf, wir treiben nach Hause.»

Zu Hause fragte die Stiefmutter ihre Tochter: «Was hast du gesehen?»

Sie hatte aber nichts gesehen.

Am nächsten Tag ging die vierte mit auf die Weide und als sie auf der Weide waren, sagte sie: «Setz dich, Schwester, und kämme mir das Haar!»

Die Tochter des Mannes setzte sich und sagte flüs-ternd: «Schaf Einaug, schlaf Zweiaug, schlaf Dreiaug!»

Das vierte Auge hatte sie vergessen.

Wieder kam die bunte Kuh und gab ihr aus einem Horn zu trinken und aus dem anderen zu essen. Vieraug sah alles, während drei ihrer Augen schliefen.

Am Abend sagte die Tochter des Mannes: «Steh auf, Schwesterchen! Wir treiben heim.»

Zu Hause fragte die Stiefmutter Vieraug: «Was hast du gesehen?»

Und Vieraug erzählte: «Als meine drei Augen schliefen, kam eine bunte Kuh und gab ihr aus einem Horn zu trinken und aus dem anderen zu essen.»

Die Stiefmutter erzürnte sehr und mästete die bunte Kuh, um sie zu schlachten.

Die Tochter des Mannes musste nun zu Hause bleiben und altes Brot mit gepfeffertem Quark essen. Jeden Tag aber besuchte sie die bunte Kuh und weinte bei ihr.

Einmal sagte die Kuh: «Heute werde ich geschlachtet. Erbitte von der Stiefmutter meinen Pansen zum Säubern. In ihm findest du ein Steinchen. Lege es dir unters Fenster. Aus ihm wird eine Linde wachsen aus klarem Glas. Sie wird klingen und singen für dich und unter ihr wird ein Hündchen fröhlich bellen.»

Die Tochter des Mannes tat, wie ihr die Kuh geraten hatte, und aus dem Steinchen wuchs eine gläserne Linde und unter ihr bellte ein Hündchen und sprang eine Quelle auf. In ihr musste das Mädchen die Kleider für alle waschen, bis ihr die Hände bluteten.

Einmal fuhr ein vornehmer Herr vorüber. Als er das Mädchen erblickte und sah, wie schön es war, wollte er sie gleich zur Frau haben, obwohl sie arm war. Die Stiefmutter aber erlaubte das nicht.

Nach einer Woche aber kam der vornehme Herr wieder und verlangte das Mädchen zum zweiten Mal.

Dieses Mal willigte die Stiefmutter ein, befahl aber ihren Töchtern: «Holt Ketten und bindet die Linde an den Wagen.»

Die Tochter des Mannes zog ihre besten Sachen an, setzte sich in den Wagen und fuhr davon. Da wurde die Linde aus dem Boden gerissen, sie fiel auf den Wagen und das Hündchen bellte traurig.

Nach einem Jahr gebar die junge Frau einen Sohn.

Als die Stiefmutter das erfuhr, ging sie sie besuchen: «Töchterchen, bist du gesund oder krank?»

Bevor diese antworten konnte, versprach sie, morgen wiederzukommen. Am nächsten Tag brachte sie die Tochter Zweiaug mit und fragte wieder: «Töchterchen, bist du gesund oder krank?»

Die junge Frau antwortete: «Ich bin Gott sei Dank gesund.»

Die Stiefmutter trat ans Fenster und rief: «Sieh mal, Töchterchen, wie im Teich die Fischlein spielen!»

Die junge Frau beugte sich zum Fenster hinaus und die Stiefmutter stieß sie in den See. Die junge Frau ertrank, ihre Seele rettete sich in einer Ente und als weiße Ente schwamm sie traurig auf dem Wasser.

Die Stiefmutter legte ihre Tochter Zweiaug in das Bett und ging nach Hause.

Der junge Herr kam heim, trat ans Bett und fragte verwundert: «Warum bist du so hässlich? Bist du vielleicht krank?»

«Krank genug», antwortete sie mürrisch, und der Herr bedauerte sie.

In der Nacht um zwölf flog eine weiße Ente zum Fenster herein und verwandelte sich in die junge Frau. Sie nahm ihr Söhnchen aus der Wiege, stillte es, badete es, küsste es und sang leise klagend: «Meine Linde singt nicht, mein Hündchen bellt nicht und mein Söhnchen weint so sehr. Zwei Nächte noch komme ich und dann nie wieder.»

Nach einer Stunde flog sie als Ente zum Fenster hinaus zurück ins Wasser.

Die zweite Nacht kam die weiße Ente wieder und verwandelte sich. Sie badete ihr Söhnchen und stillte es, küsste es und sang klagend: «Meine Linde singt nicht, mein Hündchen bellt nicht und mein Söhnchen weint so sehr. Eine Nacht noch komme ich und dann nie, nie wieder.»

Als weiße Ente flog sie aus dem Fenster hinaus ins Wasser.

Der Herr hatte hinter einem Vorhang gewacht und vor Kummer geweint, sie erkannt und ihre Worte gehört.

Auch zur dritten Mitternacht flog die Ente herein, verwandelte sich und badete ihr Söhnchen.

Als sie es gestillt hatte, weinte sie bitterlich und sang schluchzend: «Meine Linde singt nicht, mein Hündchen bellt nicht und mein Söhnchen muss nun immer und immer nach mir weinen. Denn ich komme niemals, niemals wieder.»

Da sprang ihr Mann hinter dem Vorhang hervor und hielt sie fest.

Die junge Frau bat traurig: «Lass mich, Lieber, lass mich los, solange mir die Stunde gut ist.»

Ihr Mann verstand das nicht und sagte: «Ich lasse dich niemals wieder los.»

Die junge Frau sagte: «Du kannst mich erlösen, wenn du es kannst. Ich habe um den Leib einen Riemen aus schwerem, breitem Leder. Wenn du den Riemen mit einem Schlag ohne mich zu verletzen zerschlägst, darf ich für immer bei dir bleiben. Wenn nicht und die gute

Stunde zerrinnt, wird mein Söhnchen mutterlos sein und niemand kann mich erlösen.»

Der Mann riss seinen Dolch heraus, zerschlug den Riemen, ohne sie zu verletzen, und im selben Augenblick stand seine Frau wieder vor ihm, so jung und schön, wie sie gewesen war. Er umarmte sie und sie erzählte ihm, was die Stiefmutter ihr angetan hatte.

Am Morgen ließ der Herr die böse Stiefmutter binden und mit einem Pferd zu Tode schleifen. Die Linde klang und sang wieder und das Hündchen bellte fröhlich. Das Söhnchen aber jauchzte und streckte die Hände aus nach Mutter und Vater und lachte mit den Augen, dem Mund und dem ganzen Gesicht.

# Pan Schönemann

Ein Mann und eine Frau hatten einen Sohn, mit dem Seltsames geschah: In der Nacht hatte er einen Körper wie alle anderen, am Tag aber wuchs ihm, von Jahr zu Jahr dichter, ein dunkles gekräuseltes Fell. Als er erwachsen wurde, bedeckte es den ganzen Körper, sogar Stirn und Wangen. Aber doch war er ein Mensch wie alle, vielleicht besser als viele, und so fand er auch ein Mädchen und heiratete es.

Bald aber konnte die junge Frau nicht mehr ansehen, wie der nachts schöne junge Mann am Tag zu einem hässlichen wurde. Überall nannten sie ihn schon spöttisch Pan Schönemann.

Die junge Frau wollte ihm und sich gern helfen und befragte viele Leute, wie es geschehen könnte, dass er auch am Tage ein schöner Mann wäre. Niemand wusste ihr Rat. Sie grübelte und grübelte und dachte sich den

Kopf fast wund, bis ihr die Rettung einfiel. In der Nacht, als der Mann schon schlief, nahm sie seine Haut, die vielleicht einem wilden Eber passte, und warf sie ins Feuer im Backofen. Brennend heulte die Haut schrecklich auf, und gleich füllte schlimmer Gestank das ganze Haus.

Pan Schönemann roch den Gestank, erwachte und floh.

Vom Morgen über den ganzen Tag bis in die Nacht suchte die Frau ihren Mann und fand ihn nirgends. Sie fragte alle Leute, denen sie begegnete, nach ihm. Aber niemand konnte ihr helfen. Gegen Abend gelangte sie in einen großen Wald und verirrte sich. Sie lief wie verzweifelt auf Wildpfaden hin und her und erblickte schließlich von weitem eine kleine Hütte.

«Da leben Leute, die werde ich bitten, mich über Nacht aufzunehmen», sagte sie sich und klopfte an die Tür der Hütte.

Eine alte Frau öffnete und fragte: «Was suchst du hier?»

«Liebe Großmutter», bat die Frau, «lass mich über Nacht hier bleiben. Es ist so finster im Wald und ich finde nicht mehr hinaus.»

Die alte Frau sagte: «Meine Liebe, in dieser Hütte wohnt der liebe Gotteswind, das ist mein Mann, und ich rate dir, nicht hier zu bleiben. Mein Mann kommt am Abend immer ärgerlich nach Hause. Fände er dich in seiner Hütte, würde er zum Orkan und tötete dich.»

Doch die arme Junge bat so lange, bis die Frau des Windmannes sie in die Hütte nahm und hinter dem Ofen versteckte. Sie flehte die Alte an, ihren Mann zu fragen, ob er nicht Pan Schönemann irgendwo gesehen habe. Die Windfrau versprach es ihr.

In diesem Augenblick fuhr der Wind schon durchs Fenster in die Stube und grollte: «Pfui! Hier stinkt es nach Mensch.»

Seine Frau aber antwortete: «Ich habe kein Vögelchen hier gesehen den ganzen Tag lang und schon gar keinen Menschen.»

Der Windmann schimpfte zornig und böse lange auf die Menschen, weil sie nie mit ihm zufrieden seien. Schließlich aber schlief er ein.

Am frühen Morgen, als er noch im Bett lag, fragte ihn die Windfrau, ob er Pan Schönemann irgendwo auf seiner weiten Tagesreise gesehen habe, denn er komme ja in alle Ecken der Welt. Der Windmann hatte ihn nirgends gesehen, er meinte aber: «Vielleicht weiß mein Bruder, der Mond, mehr als ich. Er leuchtet ja alle Berge aus und in alle Täler hinein.»

Dann flog der Windmann zum Fenster hinaus.

Die Frau, die ihren Mann suchte, hatte hinter dem Ofen alles gehört, und als der Windmann hinausgeflogen war, machte sie sich auf den Weg zum Mondhaus.

Bevor sie ging, gab ihr die Windfrau eine kleine Nuss und sagte: «Die breche auf, wenn es Not hat.»

Dann zeigte sie ihr den Weg zum Mondhaus und wünschte ihr Glück. Frau Schönemann wanderte den ganzen Tag, bis sie schließlich spätabends weit vor sich Licht sah und zu einer Hütte mitten im Wald gelangte. Sie klopfte an und wieder öffnete ihr eine alte Frau.

Frau Schönemann bat sie flehentlich: «Behaltet mich über Nacht, Großmutter, bitte.»

Die Alte wollte sie aber nicht über Nacht behalten und sagte: «Mein Mann, der helle Mond, kommt jeden Morgen sehr zornig nach Hause und in seinem Zorn könnte es sein, dass er dich tötet.»

Die junge Frau bat und barmte so lange, bis die Mondfrau sie über Nacht behielt und versprach, den Mond nach dem verlorenen Mann zu fragen.

Die Frau Schönemann legte sich hinter den Ofen zum Schlafen. Gegen Morgen kam der liebe Gottesmond mit silbernen Haaren sehr ärgerlich nach Hause und warf seine Stiefel in der Stube herum. Er schimpfte, dass die Leute nie zufrieden mit ihm seien. Den einen scheine er zu viel, den anderen zu wenig und niemandem könne er es recht machen. Schließlich beruhigte er sich und legte sich hin.

Bevor er aber einschlief, fragte ihn seine Frau, ob er irgendwo den Pan Schönemann gesehen habe.

Er sagte, er habe ihn nicht gesehen. «Aber was weiß ich», meinte er, «vielleicht hat meine Schwester, die Sonne, ihn irgendwo gesehen. Sie wandert ja vom Morgen bis zum Abend über den Himmel, steigt hinab in die Täler und hinauf auf die Berge, und geht durch Dörfer und Städte. Sie wird vielleicht irgendetwas wissen. Und nun lass mich schlafen», sagte er, drehte sich auf die Seite und schlief ein.

Die Sonne war schon aufgegangen, als sich die junge Frau auf den weiten Weg zu ihr begab. Die Mondfrau schenkte ihr zum Abschied eine kleine Nuss und sagte: «Die zerbrich, wenn es Not hat.»

Dann zeigte sie ihr den Weg zum Sonnenhaus.

Frau Schönemann bedankte sich herzlich, sagte Lebewohl und ging. Den ganzen Tag über suchte sie den Ort, wo die liebe Gottessonne wohnt. Schließlich, fast zur halben Nacht, kam sie zu einer Hütte. Sie klopfte an und bat den alten Mann, der ihr öffnete, um ein Nachtlager.

Der Alte wollte und wollte sie aber nicht hineinlassen.

Er sagte: «Wenn meine Frau, die liebe Gottessonne,

nach Hause kommt, ist sie sehr müde und erschöpft, weil sie es allen Leuten recht machen will und nicht kann. Sie würde dich vielleicht blenden, wenn sie dich in ihrem Haus vorfände.»

Doch schließlich erbarmte sich der Sonnenmann doch, ließ Frau Schönemann in die Hütte und versteckte sie hinter dem Ofen. Er befahl ihr, sich ganz ruhig zu verhalten, wenn die liebe Gottessonne heimkommt, und versprach, sie zu fragen, ob sie nicht irgendwo Pan Schönemann gesehen habe.

Nach einer Weile kam die liebe Gottessonne heim und schimpfte schon auf der Schwelle: «Hier riecht es schlimm nach Menschen.»

Der Mann aber sagte: «Ich habe kein Vögelchen hier gesehen über den ganzen Tag, und auch keinen Menschen.»

Finster vor Ärger schimpfte die Sonne laut auf die Menschen, für die sie sich den ganzen Tag abmühte und es ihnen doch niemals recht machen könne. Den einen scheine sie zu grell, den anderen zu wenig. Die einen sagen: zu heiß, andere: nicht warm genug.

Am Ende zog sich die Sonne ein dunkles Tuch über den Kopf, murrte: «Den Leuten kann man es niemals recht machen», und schlief ein.

Am Morgen fragte der Alte seine Frau, die Sonne, ob sie nicht irgendwo Pan Schönemann gesehen habe.

«Der feiert heute Hochzeit im Dorf», rief sie ihm zu, winkte mit goldenem Haupt Auf Wiedersehen und flog zum Fenster hinaus.

Frau Schönemann hatte jedes Wort gehört, und es war ihr schwer und leicht ums Herz. Sie kam eilig hinter dem Ofen hervor, um auf der Stelle in das Dorf zu laufen, wo die Hochzeit sein sollte. Bevor sie aber ging, schenkte ihr der Alte eine Nuss und sagte: «Die zerbrich, wenn es Not hat.»

Die arme verlassene junge Frau musste einen halben Tag lang durch den Wald laufen, bis sie schließlich ein großes Dorf vor sich sah. Sie hörte Musikanten spielen und junge Leute singen und juchzen. Blind vor Schmerz und Tränen, weil ihr Mann dort Hochzeit feierte, rannte sie davon. Doch nach wenigen Schritten blieb sie stehen und kehrte traurig in den Wald zurück. Die Dornen hatten ja längst ihren Rock zerrissen, er hing wie in Flicken an ihr, und sie wusste, dass sie mehr einer Bettlerin ähnlich war als einer, die im Hochzeitsrock tanzt. Sie legte den Kopf in beide Hände, weinte und wusste sich keinen Rat.

Auf einmal aber entsann sie sich der drei Nüsse, die ihr Windfrau, Mondfrau und Sonnenmann geschenkt, und der Worte, die sie gesagt hatten: «Die zerbrich, wenn es Not hat.»

Schnell nahm sie die Nuss der Windfrau und zerschlug sie mit einem Stein. In der Nuss steckten wunderschöne seidene Kleider, wie sie sie noch nie gesehen hatte. Sie zog sie gleich an und lief fröhlich ins Dorf zur Hochzeitsfeier. Alle jungen Burschen schauten nur auf sie. Jeder wollte nur mit ihr tanzen und sie fragten einer den anderen, wer diese schöne Frau sei. Aber keiner kannte sie. Auch der Bräutigam bewunderte sie und war blind.

Zu Mitternacht, als die Feier am fröhlichsten war, verschwand sie und niemand wusste, wohin.

Am Morgen des zweiten Tages der Hochzeitsfeier warteten alle jungen Tänzer am Dorfeingang, weil jeder die vornehme Tänzerin als Erster sehen wollte.

Bald zeigte sich auf dem Weg vom Waldrand ein silbernes Leuchten und Glänzen. Es waren die Kleider, die Schönemanns Frau in der Nuss der Mondfrau gefunden hatte, sie waren mit silbernen Fäden genäht und reich mit Silber bestickt.

Die jungen Tänzer liefen ihr weit entgegen. Jeder wollte mit ihr tanzen, aber keiner kannte sie.

Der Bräutigam bestaunte sie wie alle und war blind.

Spät in der Nacht verschwand die Unbekannte wieder, und niemand wusste wohin.

Am nächsten Morgen zerschlug sie die dritte Nuss, die ihr der alte Mann der Sonne gegeben hatte. Darin fand sie so überaus herrliche Kleider, wie man sich kaum ausdenken kann. Sie waren mit goldenem Faden genäht und leuchteten von weitem, als ob sie von der Sonne selbst kämen.

Die jungen Tänzer konnte sich die Augen nicht satt sehen, so schön war sie in ihrem glitzernden, glänzenden Kleid.

Als sie durch den Saal schritt, erkannte Pan Schönemann endlich seine Frau am Gang und sah, dass sie die Schönste war von allen.

Er umarmte und küsste sie und dankte ihr von ganzem Herzen und sagte: «Ein böser Zauber hat mich blind gemacht und dich in mir ausgelöscht. Durch deine Liebe und weil du mich so lange gesucht hast, bin ich nun erlöst.»

Sie umarmten sich wieder und weinten vor lauter Freude. Dann gingen sie nach Hause, die Frau im selbstgenähten Sonntagsrock und dem Mieder aus Wolle, und Pan Schönemann war ein Mann wie jeder, hell von Haut und nicht einmal einen Bart trug er.

Sie waren glücklich miteinander und lebten noch viele Jahre.

# Der bärenstarke Sohn
## der schlafsüchtigen Frau

Ein Mann hatte eine schlafsüchtige Frau: Sie trieb am Morgen sieben Kühe auf die Weide und schlief ein. Als sie aufwachte, waren alle Kühe verschwunden, und sie fand sie nicht wieder. Sie kam ohne Vieh nach Hause, und ihr Mann wurde sehr ärgerlich.

Am nächsten Morgen gab er ihr fünf Kühe. Wieder trieb sie sie auf die Weide und wieder schlief sie ein. Als sie aufwachte, waren die Kühe weg und sie fand nicht eine mehr.

Sie kam nach Hause, ihr Mann schimpfte böse, aber am nächsten Morgen gab er ihr drei Kühe und sagte: «Wenn du wieder einschläfst, wird es dir schlimm ergehen.»

Sie trieb die drei Kühe auf die Weide und schlief wieder ein. Als sie aufwachte, waren die Kühe weg und sie fand sie nirgends. Die schlafsüchtige Frau weinte jämmerlich und fürchtete sich heimzugehen.

Sie lief fort in die großen Wälder und traf dort auf einen Bären. Sie erschrak zu Tode und wollte fliehen, aber der Bär hielt sie fest. Er zwang sie, mit ihm zu gehen und für ihn zu kochen.

Sie kamen zu seiner Höhle und sie blieb dort, war nicht mehr schlafsüchtig, kochte für ihn, versorgte die Höhle und gebar einen Sohn.

Der Bär brachte jeden Tag Fleisch und Honig nach Hause, die Frau brauchte keinen Hunger zu leiden und ihr Sohn wuchs schnell.

Immer wenn der Bär die Höhle verließ, wälzte er einen großen Felsblock vor den Eingang. Die Frau, die nicht hier bleiben, sondern gern wieder nach Hause wollte, erzählte ihrem Sohn oft und oft, dass er daheim einen viel schöneren Vater habe, und darum wollte auch der Junge aus der Höhle hinaus. Er fing an, sich gegen den Felsblock zu stemmen, ihn zu schieben und anzuheben. Als er drei Jahre alt war, schob er den Felsbrocken beiseite.

Sie nahmen Essen mit und sehr viel Geld. Die Frau sagte: «Jetzt gehen wir zum Vater.» Und der Junge ging gern mit ihr.

Als sie daheim ankamen, freute sich der Vater sehr, dass er einen solch starken Sohn hatte und Geld dazu. Der starke Sohn aber aß so viel, dass er Küche und Kammer leer aß.

Eines Tages sagte der Vater: «Morgen fahren wir in den Wald, nimm die Säge, die Axt und die Haue mit.»

Der Junge fragte: «Wozu das?»

Der Vater sagte: «Wir werden Holz fällen.»

Im Wald riss der Junge die Stämme samt den Wurzeln aus und warf sie auf den Wagen. Als sie heimfahren wollten, konnten die Pferde die schwere Fuhre nicht vom Fleck ziehen. Der Junge nahm die Peitsche, um sie ein wenig anzutreiben, und erschlug sie dabei. Nun spannte er sich selbst vor den Wagen mit dem vielen Holz und kam damit so ungestüm nach Hause gerannt, dass er den Holzschuppen umwarf.

Der Vater sagte zu seiner Frau: «Mutter, diesen Jungen kann ich hier nicht gebrauchen, er macht mir mehr Schaden, als dass er mir hilft.»

Die Frau sagte zu ihrem bärenstarken Sohn: «Vielleicht willst du gern in die Welt gehen?»

Der Sohn meinte: «Das will ich gern, aber ihr müsst mir einen Wanderstab, schwer wie drei Mühlsteine, machen lassen.»

Sie ließen ihm den Wanderstab machen, er sagte Lebewohl und ging in die weite Welt.

Nicht lange, und er traf auf einen Burschen, der mächtige Baumstämme über dem Knie zerbrach. Er sah ihm zu und sagte: «Du gefällst mir, willst du nicht mit mir in die Welt gehen?»

«Das will ich gern», antwortete der Bäumebrecher.

Sie gingen los und trafen bald einen, der haushohe Bäume an den Wipfeln zusammen band und mit einem Ruck sieben Bäume auf einmal ausriss.

Sie sagten zu ihm: «Du gefällst uns, willst du nicht mit uns in die Welt gehen?»

«Das will ich gern», antwortete dieser, und zu dritt wanderten sie einen Tag und noch einen Tag und gelangten dann an einen großen Berg. Der Berg hatte einen Eingang, aber davor ein schweres eisernes Tor. Sie klopften und riefen laut, aber niemand öffnete. Der Bärenstarke nahm seinen Wanderstab, der schwer wie drei Mühlsteine war, stieß gegen das Tor, und es sprang auf. Sie traten ein und sahen nach sieben Schritten vor sich ein marmornes Schloss mit vielen vornehmen Gemächern.

Doch nirgendwo war ein Mensch zu sehen, keine Maus und keine Fliege. In einem großen Zimmer stand ein Tisch, gedeckt mit feinstem Damast, mit vornehmen Tellern und Tellerchen, Schüsseln und Schüsselchen, geschliffenen funkelnden Gläsern und silbernem Besteck. Doch nichts zu essen und nichts zu trinken.

Die drei Burschen sagten: «Ein schönes Märchenschloss – was nützt uns das? Kein Wein, kein Ich-weiß-nicht-was.»

Aber es gefiel ihnen doch und sie beschlossen, hier zu wohnen. Reihum Tag um Tag sollte einer die Öfen heizen und Essen und Trinken besorgen, die beiden anderen würden im Wald arbeiten und Geld verdienen.

Am ersten Tag blieb der zu Hause, der Baumwipfel zusammenband.

Plötzlich stand vor ihm ein alter, sonderbar gekleideter Mann und grollte: «Was hast du hier zu suchen!?»

Er wartete nicht auf Antwort, schlug den Bäumebinder wund und lahm und drohte, es werde ihm noch viel schlimmer ergehen, wenn er ihn noch einmal hier vorfände.

Anderntags war der an der Reihe, der dicke Bäume wie Reisigholz über den Knien zerbrach.

Der Geschlagene sagte zu ihm: «Mir ist es übel ergangen, aber dir wird es noch schlimmer ergehen», und ging mit dem Bärenstarken zur Arbeit in den Wald.

Der Bäumebrecher heizte gerade die Kachelöfen an, als plötzlich der alte Mann vor ihm stand und ihn anschrie: «Hat dich der Teufel, dass du immer noch hier bist!»

Bevor der Bäumebrecher antworten konnte, schlug ihn der Alte so zusammen, dass er halbtot liegen blieb. Ehe er ging, schrie der Alte: «Wenn ich dich noch einmal hier finde, wird es dir noch viel schlimmer ergehen!»

Am dritten Tag blieb der im Schloss, der einen Wanderstab, drei Mühlsteine schwer, bei sich hatte.

Als die anderen beiden zur Arbeit in den Wald gingen, sagte der Bäumebrecher: «Uns beiden ist es schlimm ergangen, aber dem dritten wird es noch viel schlechter ergehen.»

Der Bärenstarke machte sich unbesorgt im Schloss an die Arbeit, und plötzlich stand vor ihm der alte Mann. Der brüllte wütend: «Der Teufel soll dich holen, bist du immer noch hier?», und er wollte ihn schlagen.

Aber der Bärenstarke war schneller, er riss seinen Wanderstab hoch, der drei Mühlsteine auswog, und warf ihn gegen den kleinen alten Mann.

Der kleine Mann wurde plötzlich noch kleiner und fing an zu jammern: «Tu mir nichts, ich will dir auch alles erzählen.» Und er erzählte: «Hier unter diesem Schloss sind noch drei andere Schlösser, in denen ein grausamer Drache drei Jungfrauen gefangen hält. Die jüngste muss achtzehn Klafter tief unter der Erde leben, die beiden anderen sind jede um sechs Klafter höher eingesperrt. Unten bei der jüngsten und schönsten hockt der Drache und bewacht die Jungfräulein. Er hat sieben Köpfe. Du musst ihm zuerst den mittleren abhauen, damit verliert er all seine Kraft und Macht und kann dir nichts mehr tun.»

Der alte Mann gab dem Bärenstarken ein blitzendes Schwert und verschwand.

Am Abend kamen die beiden lahm und wund Geschlagenen zurück, staunten und wunderten sich sehr.

Der Bärenstarke meinte nur: «Ich habe den Alten gezähmt.» Er erzählte vom Geheimnis des Schlosses und sagte: «Wir werden die Jungfräulein befreien.»

Er hatte schon das Schloss durchsucht und in einer abseitigen Kammer einen dunklen senkrechten Schacht entdeckt, der in die finstere Tiefe führte. Sie rollten ein großes Fass heran, banden ein langes Seil darum, der Bärenstarke kroch hinein, und die beiden anderen ließen ihn hinab.

Der Bärenstarke kam sechs Klafter tief in das erste Verließ und fand eine schöne Jungfrau vor, die vor lauter Elend schon nicht mehr weinen konnte. Sie bat ihn, er solle sie schnell erlösen, bevor der Drache erscheine und sie beide töte.

Doch der Bärenstarke fürchtete sich nicht, er setzte die Jungfrau in das Fass und die zwei oben zogen sie hinauf. Dann ließen sie das Fass wieder hinunter.

Nun gelangte der Bärenstarke zwölf Klafter tief in das zweite Verließ und fand dort eine Jungfrau, die noch schöner war, doch auch elend aus Furcht und Verzweiflung. Sie sagte hastig, er müsse sie eiligst befreien, sonst werde der Drachen sie beide töten. Doch der Bärenstarke fürchtete sich nicht, setzte sie in das Fass, und die beiden oben zogen sie hinauf.

Der Bäumebrecher und der Bäumebinder ließen das Fass aber nicht mehr hinunter, sondern sagten sich: «Jetzt haben wir jeder eine Braut. Wer weiß, ob dort noch eine ist. Der Bärenstarke könnte uns dann beide nehmen. Soll er unten bleiben und besser nie mehr heraufgelangen.»

Sie nahmen die Mädchen an die Hand und flohen mit ihnen aus dem Schloss.

Der Bärenstarke wartete lange und vergeblich auf das Seil mit dem Fass. Schließlich erkannte er seine Lage, brach Steine aus dem Gemäuer und baute sich eine Treppe zum dritten Verließ in achtzehn Klafter Tiefe. Dort saß die schönste Jungfrau, die eben dem Drachen die Läuse aus dem Fell knacken musste und dabei bitterlich weinte. Sie bat den Burschen, mit stummer Gebärde, sich ganz ruhig zu verhalten, oder aber der Drache werde sie beide töten.

Doch der Bärenstarke fürchtete sich nicht, nahm sein Schwert und ging auf den Drachen los, der Feuer aus seinem mittleren Kopf gegen ihn stieß. Der Bärenstarke schlug ihm dieses Haupt ab, damit hatte er den Drachen gelähmt, dann schlug er ihm die anderen sechs Köpfe ab und hatte so die schönste Jungfrau erlöst.

Er wartete nicht mehr auf das Fass, sondern baute die Treppe noch fester und höher, bis sie aus dem einen Verließ zum zweiten und dritten und schließlich ins Schloss hinauf gelangten. Er nahm die Jungfrau an die Hand und führte sie in einen schönen Saal. Der Tisch war reich gedeckt mit besten Speisen und rotem und weißem Wein. Sie setzten sich und aßen und tranken, und sie erzählte ihm von dem Drachen, der sie geraubt hatte, und er erzählte ihr von dem Alten, der ihm den Weg in das tiefe Verließ gewiesen hatte.

Das Schloss gehörte dem Jungfräulein, das der Bärenstarke zur Frau nahm. Nach einem Jahr bekam sie zwei Kinder, einen Jungen und ein Mädchen. Das Mädchen war schön wie die Mutter und der Junge stark wie der Vater.

Mit ihnen wohnte der alte graue Mann, heizte die Öfen und manchmal erzählte er den Kindern von dem bösen Drachen, der ihre Mutter gefangen gehalten und dem ihr Vater die sieben schrecklichen Häupter abgeschlagen hatte.

# Der entlassene Soldat

Ein entlassener Soldat zog in die Heimat. Er hatte sechs Taler in der Tasche und drei Laib Brot unter dem Arm. Unterwegs begegnete er einem grauen kleinen Männlein. Das Männlein fragte ihn: «Wo willst du hin?»

Der Soldat antwortete: «Ich bin ein alter entlassener Soldat, gehe nach Hause und trage meinen letzten Sold mit mir, sechs Taler und drei Laib Brot.»

Das graue Männlein bat: «Ich bin ein armer Mann und sehr hungrig. Gib mir zwei Taler und einen Laib

Brot. Dann hast du immer noch vier Taler und zwei Laib Brot.»

Der Soldat dachte, dass er ja mit sechs Talern und drei Laib Brot selbst nicht weit komme, gab aber trotzdem dem Männlein zwei Taler und einen Laib Brot.

Er zog weiter und traf bald ein zweites graues Männlein. Das fragte: «Wohin gehst du?»

Der Soldat antwortete: «Ich bin ein alter entlassener Soldat und gehe nach Hause und trage meinen letzten Sold mit mir, vier Taler und zwei Laib Brot. Zwei Taler und einen Laib habe ich schon unterwegs einem gegeben, der darum bettelte.»

Das graue Männlein seufzte: «Ich bin sehr arm und sehr hungrig. Gib mir doch zwei Taler und einen Laib Brot. Dann hast du immer noch zwei Taler und einen Laib.»

Der Soldat bedachte, dass er ja mit vier Talern und zwei Broten selbst nicht weit komme, schenkte aber trotzdem dem Männlein zwei Taler und einen Laib Brot.

Nicht lange danach begegnete er einem dritten grauen Männlein. Das fragte ihn: «Wohin gehst du?»

Der Mann antwortete: «Ich bin ein alter entlassener Soldat, gehe nach Hause und trage meinen letzten Sold mit mir, zwei Taler und einen Laib Brot. Vier Taler und zwei Laib Brot  habe ich schon unterwegs anderen gegeben, die mich darum baten.»

Das graue Männlein bettelte: «Ich bin ein armer alter Mensch und sehr hungrig. Gib mir doch die zwei Taler und den Laib Brot.»

Der Soldat bedachte, dass er wohl mit zwei Talern und einem Laib Brot selbst nicht weit komme und dass er leere Hände und einen leeren Geldsack haben würde, wenn er alles verschenkte, aber er gab dem Männlein schließlich doch die letzten zwei Taler und den Laib Brot.

Mit leeren Händen und leerem Geldbeutel zog der alte Soldat weiter und kam in einen großen Wald. An einem Kreuzweg sah er wieder ein graues Männlein, das sagte: «Bevor du diesen Wald erreichtest, bist du drei Mal einem Männlein begegnet. Das war ich. Mir hast du sechs Taler und drei Laib Brot gegeben. Dafür will ich dich belohnen. Erbitte von mir, was du gern haben möchtest.»

«Ein Schwert», antwortete der Soldat. «Gegen wen auch immer ich es ziehe, er soll des Todes sein.»

Das Männlein gab ihm das Schwert und sagte: «Da hast du das Schwert. Gegen wen auch immer du es ziehst, der fällt. Was willst du weiter?»

«Ein kleines Jagdhorn», sagte der Soldat. «Wenn ich es blase, muss alles Getier sich bei mir sammeln.»

Das kleine Männlein übergab ihm das Jagdhorn und sagte: «Da hast du es. Wenn du es bläst, läuft alles Getier bei dir zusammen. Was willst du weiter?»

«Einen Beutel voll Geld», antwortete der Soldat. «Der Beutel darf nie leer sein.»

Da gab ihm das Männlein einen Beutel mit Geld und sagte: «Da hast du einen Geldbeutel, der nie leer sein wird. Was willst du weiter?»

«Nun habe ich alles, was ich brauche», antwortete der Soldat.

Der Alte betrachtete ihn und fragte: «Warum bist du entlassen worden?»

Der Soldat sagte: «Ich habe in vielen Schlachten gekämpft, aber nun haben die Könige, die Krieg gegeneinander führten, kein Geld mehr für den Krieg. Ich habe meine jungen Jahre im Kriege verloren.»

Das graue Männlein sagte: «Ich gebe dir deine jungen Jahre wieder», und verschwand.

Der alte Soldat, der auf einmal nicht mehr alt war, zog mit Schwert, Jagdhorn und mit dem Beutel voll Geld weiter des Wegs.

Nicht lange und er gelangte mitten im Wald auf einen Fleck Ödnis, wo sich ein Löwe und ein Fuchs ineinander verbissen hatten. Der Soldat zog sein Schwert und schlug dem Fuchs den Schwanz ab, in dem die Kraft eines Riesen steckte. Nun konnte der Löwe den Kampf gewinnen.

Zum Dank für die Hilfe gesellte sich der Löwe dem Soldaten zu und verließ ihn nicht, wohin der auch ging. Wie ein treuer Hund begleitete er ihn auf Weg und Steg.

Der Soldat kam mit dem Löwen in die Stadt des Königs und trat in ein Wirtshaus ein. Die Gäste, die sich vor dem Löwen fürchteten, beruhigte er: «Tut ihm nichts, und er tut euch nichts, das ist mein Hund.»

Die Leute fürchteten sich nicht länger.

Unter den Gästen saß auch der Hofjäger des Königs und jammerte, dass der König übermorgen ein großes Fest ausrichten wolle und er aber noch kein Stück Wild für die Hofküche geschossen habe.

Der Soldat lachte: «Mit meinem Hund treibe ich dir so viel Wild zusammen, wie du nur willst. Komm mit mir in den Wald.»

Im Wald stieß der Soldat in sein Horn und schon rannte von allen Enden soviel Wild herbei, dass die Tiere fast den Jäger zu Boden traten. Der Soldat schlug mit seinem Schwert um sich und erlegte viele Rehe und Hirsche, Fasane und Wildschweine.

«Das reicht für zwei Feste», sagte der Jäger und ließ das Wild in die königliche Küche bringen.

Der König war höchst zufrieden und lobte vor vielen Ohren den Jäger.

Am nächsten Morgen sah der Soldat verwundert, dass die ganze Stadt mit schwarzem Samt ausgeschlagen und verhängt war.

Er fragte, und die Leute sagten ihm: «Unweit der Stadt lebt ein grausamer Drache, der jedes Jahr einen Menschen als Opfer fordert. Dafür hält er Frieden mit uns. In diesem Jahr verlangt er als Opfer die Prinzessin. Darum ist der König zu Tode traurig, mit ihm trauert die ganze Stadt und verhängt sich mit schwarzem Samt.»

Der Soldat verstand nicht, warum der König trotzdem ein großes Fest ausrichten will. Er dachte, vielleicht hofft er, dass die Prinzessin erlöst wird, und wollte wissen, wo der grausame Drache sich aufhalte. Niemand wusste es, alle wussten nur, dass am Rande der Stadt eine kleine Hütte steht, wo er sich immer sein Opfer abholt. Noch heute werde die Prinzessin in die Kutsche gesetzt und an jenen Platz gebracht.

Der Soldat ging mit seinem Löwen zu der Hütte und wartete drinnen auf einer Bank. Bald kam mit schwarzem Samt verhangen die königliche Kutsche angefahren. Der Kutscher riss die Prinzessin aus dem Wagen, trieb sie in die Hütte und rannte schlotternd davon. Plötzlich aber blieb er stehen, weit genug von der Hütte, aber noch nah genug, um zuzuschauen, was geschehen würde.

Die Prinzessin trat weinend ein.

«Nun friss mich», sagte sie.

Sie dachte, der Löwe sei der Drache.

Der Soldat redete ihr ruhig zu: «Du brauchst dich nicht vor ihm zu fürchten, das ist kein Drache, sondern mein treuer Hund. Wenn du mir versprichst, dass du meine Frau wirst, rette ich dich.»

Die Prinzessin versprach es auf der Stelle.

Kaum hatte sie gesprochen, schleppte sich der Drache heran. Er hatte neun grässliche Häupter. Der Soldat riss sein Schwert heraus und schlug dem Drachen drei Köpfe auf einmal ab. Aus ihnen fuhr ein Feuerstoß, dass es ihn beinahe umwarf. Doch der Soldat stemmte die Beine fest gegen den Boden und schlug dem Drachen noch drei Köpfe ab. Da warf der Drache eine riesige Wasserwelle gegen ihn, die ihn beinahe von den Füßen riss. Der Soldat aber stemmte die Beine fest gegen den Boden und schlug dem Drachen die letzten drei Köpfe ab, aus denen ein schrecklicher wilder Sturm hervorbrach, der den Soldaten fast zu Boden warf. Doch der Soldat stemmte die Beine fest gegen den Boden. Nun verröchelte der Drache und die Prinzessin war gerettet.

Der Soldat schnitt aus allen neun Drachenköpfen die Zungen heraus und sagte zu ihr: «Nach einem Jahr und einem Tag komme ich zurück, dann wirst du meine Frau. Bis dahin aber will ich mir die Welt ansehen.»

Die Prinzessin dankte ihm mit einem Kuss, nahm ihr Tuch von den Schultern und gab es ihm. In jede Ecke war ein Name eingestickt, der Name ihrer Mutter, der Name ihres Vaters und ihr eigener.

Sie sagte: «In das Tuch kannst du die Drachenzungen einbinden.»

Der Soldat zerschnitt das Tuch und packte in die Hälfte mit den Namen die Drachenzungen wie in einen Beutel zusammen. Die andere Hälfte gab er der Prinzessin und sagte: «Bewahre sie gut, bis ich wiederkomme!»

Die Prinzessin gab ihm ihren Ring, in den die gleichen Namen wie im Schultertuch eingraviert waren. Sie küsste ihn noch einmal und lief glücklich zum Wagen, in dem der Kutscher immer noch neugierig wartete. Sie erzählte ihm, noch ganz taumelig im Kopf, wie der Soldat den Drachen erschlagen hatte. In diesem Augenblick trat der Soldat aus dem Haus, winkte der Prinzessin zu und ging in die Welt.

Der Kutscher überlegte, stieg vom Kutschbock, rannte in die Hütte, sammelte die neun Drachenköpfe ein, brachte sie zum Wagen und sagte zur Prinzessin, wobei er ihr mit dem blanken Dolch drohte: «Du versprichst mir jetzt auf der Stelle, dass du meine Frau sein willst! Und du wirst deinem Vater sagen, dass ich den Drachen erschlagen und dich befreit habe! Oder aber ich töte dich und werfe dich in das Drachenblut!»

Die Prinzessin weinte und antwortete schluchzend: «Wie kann ich sagen, dass du mich befreit hast, wenn es doch der Soldat war? Und wie kann ich deine Frau sein, wenn ich mich doch ihm verlobt habe?»

Doch der Kutscher bedrohte sie so lange mit dem Dolch, bis sie versprach, seine Frau zu werden. Aber ein Jahr und einen Tag müsse er ihr Zeit lassen.

Der Kutscher tat, als wäre er einverstanden, riss den schwarzen Samt ab und fuhr mit der Prinzessin und den neun Drachenköpfen in die Stadt. In den Straßen und am Hofe tat er sich groß, dass er den Drachen erschlagen und so die Prinzessin gerettet habe. Nicht nur der König war darüber froh und glücklich, sondern auch die ganze Stadt mit ihm.

Nur die Prinzessin war nicht froh und nicht glücklich. Sie schloss sich für ein Jahr und einen Tag in ihr Zimmer ein. Der Kutscher wollte lieber heute als morgen die Hochzeit feiern und war drum sehr erbost, als ihn die Leibwache der Prinzessin nicht einmal vor ihre Tür ließ.

Der Soldat zog derweil mit seinem Löwen weit in der Welt herum und gewann viele Freunde. Einmal kam er an einen kleinen Teich und der Löwe wollte trinken. Der Soldat erblickte in dem klaren Wasser sein Gesicht und sah, dass er so jung war wie damals, als er in den Krieg ziehen musste.

Nach einem Jahr und einem Tag kehrte er mit dem Löwen in die Stadt des Königs zurück. Häuser und Straßen waren mit rotem Samt behangen. Er fragte verwundert, was das bedeute. Ein Wirt im Wirtshaus erzählte ihm, dass der Kutscher des Königs, der den Drachen erschlagen habe, heute die Prinzessin heiraten werde. Darum feiern die Stadt und der König ein großes Fest.

«Ach so!» Der Soldat staunte. «Dann will ich zusehen, dass ich auch ein Stück vom Braten und eine Flasche Wein von der Hochzeitstafel erhalte.»

«Du und etwas von der Hochzeitstafel erhalten?» Der Wirt lachte.

«Das sollte beim Kuckuck zugehen», antwortete der Soldat. «Ich setze zehn Taler, dass ich einen schönen Braten erhalte, wenn ich nur will.»

Der Wirt setzte auch zehn Taler.

Der Soldat aber sagte: «Doch ich gehe nicht selbst hin, ich schicke meinen Hund.» Er schrieb ein Zettelchen, steckte es dem Löwen ins Maul und schickte ihn ins königliche Schloss.

Die Wachen wollten den Löwen nicht hineinlassen, als der sich aber mit Gewalt hineindrängte, bekamen sie Angst und ließen ihn gehen. Im großen Hochzeitssaal erkannte der Löwe die Prinzessin sofort, schob sich unter dem Tisch zu ihr und legte ihr den Zettel in den Schoß.

Die Prinzessin, die tottraurig am Tisch saß, erkannte ihn gleich und sprang, als sie das Zettelchen gelesen hatte, fröhlich in die Küche. Sie ließ einen großen Korb mit bestem Braten und feinstem Wein vollpacken und schickte den Löwen zurück zu seinem Herrn.

Im Wirtshaus rissen alle die Augen auf und fragten sich, wieso der Soldat soviel Essen und Wein vom königlichen Hochzeitstisch erhalte und nicht einmal selbst hingehen müsse, sondern bloß seinen Hund hinschicke.

Der Wirt kratzte sich hinter den Ohren und ärgerte sich, weil es ihm Leid tat um die zehn Taler.

Der Soldat aber sagte: «Ich brauche deine zehn Taler nicht, ich habe selbst Geld genug. Steck deinen Beutel wieder in die Tasche. Das Essen und den Wein, den mein Hund hergebracht hat, kannst du an deine Gäste verteilen, damit auch sie feiern, wenn im königlichen Schloss Hochzeit gefeiert wird.»

Im Wirtshaus waren nun alle fröhlich und sangen und lobten den guten Soldaten und seinen klugen Hund.

Draußen fuhr eine vierspännige Kutsche vom Königshof vor. Ein Kutscher kam mit dem Auftrag, den Soldaten und mit ihm den Löwen sofort in das königliche Schloss zu bringen. Der Soldat setzte sich in den Wagen und der Löwe lief hinterher.

Die Prinzessin saß strahlend am Hochzeitstisch. Alle wunderten sich, weil sie erst tottraurig gewesen war. Doch wer sie auch fragte, sie verriet nichts.

Der Soldat trat mit seinem Löwen in den Saal und setzte sich an den Brauttisch, der Löwe legte sich ihm zu Füßen. Der König und seine Gäste sahen den neuen Gast, der keine Festkleidung trug, verwundert an und fragten ihn, was er hier wolle und wer er sei. Er lachte und antwortete: «Ich bin ein alter Soldat und habe vor einem Jahr und einem Tag unweit der Stadt einen grausamen Drachen erschlagen und die Prinzessin vor dem Tode bewahrt. Die Prinzessin hat sich dafür mir versprochen.»

Solche Rede erzürnte den König sehr, er sprach: «Einer von beiden ist ein Lügner. Wer den König betrügt, verdient strengste Strafe.»

«Er verdient den Tod», schrie der falsche Bräutigam.

«Und wer der königlichen Prinzessin ans Leben will, was verdient der?», fragte ihn die Prinzessin.

«Der verdient», antwortete er, «dass man vier Ochsen vor ihn spannt.»

«Ja, das verdient er», schrien die Gäste und blickten grimmig auf den Soldaten.

Der König stand auf und sagte: «Wenn beide behaupten, dass sie den grausamen Drachen erschlagen und die Prinzessin gerettet haben und dass die Prinzessin sich ihnen dafür angelobt habe, dann sollen sie es beweisen!»

Der Kutscher rannte los, brachte die neun Drachenköpfe herbei und legte sie vor den König hin. Alle am Tisch sagten: «Er hat die Wahrheit gesprochen.»

Die Prinzessin jedoch sagte: «In den Häuptern sind aber keine Zungen!»

Der Ungetreue erklärte: «Drachen haben keine Zungen.»

Da stand der Soldat auf: «Sie haben Zungen, die sind hier!»

Er schlug das halbe Schultertuch auf und im Tuch lagen neun Drachenzungen. Jeder am Tisch sah, dass diese neun Zungen in die neun Drachenköpfe gehörten.

Der König betrachtete das halbe Schultertuch und sagte: «Hier in den Ecken sind unsere Namen eingestickt.»

Die Prinzessin nickte: «Und hier ist die zweite Hälfte des Tuches.» Sie legte ihre Hälfte dazu, und sie waren ein ganzes.

Der Soldat hielt seine Hand dem König vor die Augen: «Und dieser Ring, wem gehört wohl der?»

«Der Ring gehört der Prinzessin», antwortete der König, «in ihm sind ja auch unsere Namen eingraviert.»

Alle waren überrascht und verwundert, und die Prinzessin erzählte, wie es wirklich gewesen war vor einem Jahr und einem Tag und dass der Soldat den grausamen Drachen erschlagen und sie gerettet hatte. Ihm hat sie sich darum angelobt, nicht aber dem Kutscher, der sich mit bloßem Dolch ihre Zusage erzwungen hat.

Der König erzürnte über alle Maßen und ließ den verbrecherischen Kutscher ins Verließ werfen und befahl, am nächsten Tag vier Ochsen vor ihn zu spannen.

Diener brachten dem Soldaten königliche Kleider, und er setzte sich als Bräutigam zu seiner Braut. Nun war die Hochzeitsfeier wirklich fröhlich und ausgelassen.

Der Soldat aber und seine junge Frau lebten lange glücklich beisammen. Und wenn sie nicht gestorben sind, so leben sie noch heute in dem Schloss Ichweißnichtwo.

# Der Bursche und das Wunderpferd

Ein Mönch fand mitten im Wald ein Findelkind und nahm es mit sich. Später wurde er Abt und der Junge wuchs heran. Als er achtzehn Jahre alt war, sagte der Abt zu ihm: «Nun sollst du in die Welt ziehen und dein Glück suchen. Erbitte dir, was du willst, ich gebe es dir mit.»

Der Bursche antwortete: «Ich will nichts anderes als ein Pferd aus dem Klosterstall.»

Der Abt sagte: «Welches Pferd du willst, das nimm dir», und ging mit ihm in den Stall.

Der Bursche suchte sich nicht das schönste Pferd aus, sondern das älteste, einen Hengst, der auch ein wenig lahmte. Er sattelte ihn, sagte Lebewohl zum Abt und ritt in die Welt.

Bald gelangte er in einen großen Wald und sah eine wunderschöne, leuchtende Vogelfeder am Boden liegen. Er wollte sie aufheben und sich an den Hut stecken.

Der Hengst schüttelte den Kopf und sagte: «Lass die Feder liegen, du würdest nur Ungemach davon haben.»

Der Bursche hörte nicht auf sein Pferd und hob die Feder auf. Am Abend ritt er auf den Schlosshof des Königs und fragte die Leute, ob er bleiben dürfe.

Die Dienstleute sagten: «Freilich, bleiben kannst du, wenn du uns hilfst, die Pferde zu putzen und zu füttern.»

Der Bursche versprach es: «Das will ich gern tun.»

Sie führten ihn und seinen Hengst in den königlichen Pferdestall. In den Boxen standen die edelsten Pferde, verschiedenfarbig im Fell, und frühmorgens und abends brannten zwölf Kerzen im Stall. Die Feder des Burschen aber leuchtete heller als alle Kerzen zusammen. Darum hängte er sie jeden Abend im Stall auf, und es war so hell darin wie am Tag. Schließlich merkten auch die Dienstleute, warum die Kerzen kaum herunterbrannten, und erzählten dem König, was sie beobachtet hatten.

Der König befahl: «Diese Feder will ich haben! Bringt sie mir sofort her!»

Die Dienstleute gingen in den Stall, um die Feder zu holen. Der Bursche aber gab sie nicht her. Er sagte: «Das muss ich mir erst überlegen.» Er fragte seinen Hengst: «Darf ich die Feder weggeben?»

Das Pferd antwortete: «Ja, gib sie. Hab ich dir nicht gleich gesagt, lass die Feder liegen, du wirst nur Ungemach davon haben?»

Der Bursche nickte, holte die Feder, und die Dienstleute brachten sie dem König. Der ließ den Burschen rufen und sagte streng: «Da ich die Feder habe, musst du mir auch den Vogel bringen, zu dem sie gehört.»

Der Bursche ging wieder zu seinem Hengst und jammerte vor Ratlosigkeit.

Das Pferd tröstete ihn: «Siehst du, hab ich dir nicht gleich gesagt, lass die Feder liegen, du wirst nur Ungemach davon haben? Aber sei nicht traurig, den Vogel werden wir sicherlich fangen. Lass dir goldene und silberne Vogelnetze geben.»

Der Bursche bat den König um goldene und silberne Vogelnetze. Er bekam sie, sattelte den Hengst, ritt in den Wald, stellte die Vogelnetze auf, und bald hatte sich ein glänzender, funkelnder Vogel gefangen. Eilends ritt der Bursche zurück und übergab dem König das Tierchen.

Der König befahl: «Du musst noch mehr tun. Wenn du es schaffst, werde ich dich reich belohnen, wenn aber nicht, musst du sterben. Sage mir also: warum steht die Sonne im Winter tief und im Sommer hoch am Himmel?»

Der Bursche antwortete: «Lass mir etwas Zeit, damit ich überlege. Dann werde ich dir antworten.»

Wieder schlich er traurig zu seinem Hengst und erzählte ihm alles.

Das Pferd sprach: «Habe ich dir nicht gleich gesagt, lass die Feder liegen, du wirst nur Ungemach davon haben? Aber ich will dir verraten, was du dem König antworten sollst. Geh zu ihm und sag: ‚Die Sonne steht deswegen im Winter tief und im Sommer hoch am Himmel, weil jenseits des Meeres eine Jungfrau wohnt, die im Winter nicht frieren und im Sommer in der Hitze nicht schmoren will.'»

Der Bursche ging zum König und sagte ihm dieses. Der König sagte: «Diese Jungfrau will ich haben.»

Der Bursche bat wieder um etwas Zeit, trottete zu seinem Hengst und klagte ihm seine Not.

Das Pferd antwortete: «Habe ich dir nicht gleich gesagt, lass die Feder liegen, du wirst nur Ungemach davon haben? Die Jungfrau aber werden wir herbringen. Lass dir vom König ein goldenes Bett mit seidenen Bezügen geben und dazu einen goldenen Tisch, darauf silberne Becher mit bestem Wein. Das alles bringe an den Meeresstrand. Bald kommt die Jungfrau angeschwommen, trinkt den Wein, wird müde, legt sich in das Bett und schläft ein. Dann bringen wir sie zum König.»

Der Bursche bat den König um das, was der Hengst ihm geraten hatte. Der König befahl, dass man alles an den Strand des Meeres bringe.

Der Bursche ritt ohne Verzug dahin, ließ die Diener Bett und Tisch aufstellen und sechs silberne Becher mit bestem Wein füllen.

Es dauerte nicht lange und die Jungfrau schwamm heran. Sie setzte sich an den Tisch, trank alle sechs Gläser aus und wurde sehr müde. Sie legte sich ins Bett und schlief ein. Die Diener luden das Bett samt der Jungfrau auf und fuhren ins Schloss.

Am Morgen erwachte sie, sah sich um und sagte zum König: «Mich habt Ihr hergebracht, aber am Strand jenseits des Meeres stehen meine Stuten und weiden. Sie müssen jeden Tag gefüttert und gemolken werden. Deswegen will ich sie hier haben.»

Der König rief den Burschen und befahl, auf der Stelle die Stuten herzubringen.

Traurig erschien der Bursche bei seinem Hengst, und das Pferd sagte ärgerlich: «Habe ich dir nicht gleich gesagt, lass die Feder liegen, du wirst nur Ungemach davon haben? Aber das soll dich nicht bekümmern, die Stuten werden wir schon heranholen. Wir reiten sofort ans Meer. Ich werde wiehern und du wirst pfeifen. Dann kommen die Stuten an unseren Strand geschwommen, entsteigen dem Meer, und wir treiben sie zum König.»

Sie ritten ans Meer, der Hengst wieherte und der Bursche pfiff. Es dauerte nicht lange und die Stuten schwammen herbei, stiegen an Land und trabten dem Burschen und seinem Hengst hinterher zum Königshof.

Die Jungfrau hatte ihre Stuten wieder und dankte dem Burschen. Er gefiel ihr.

Am nächsten Morgen rief sie ihn zu sich und fragte freundlich: «Da du mir die Stuten hergetrieben hast, würdest du sie mir zu Gefallen auch täglich melken?»

Der Bursche fürchtete sich zwar davor, aber nickte, ging zu seinem Hengst und erzählte ihm alles. Das Pferd sagte ihm: «Habe ich dir nicht gleich gesagt, lass die Feder liegen, du wirst nur Ungemach davon haben? Aber die Stuten werden wir schon melken. Ich stelle mich dazu und streichle mit den Lippen ihren Rücken und wiehere leise in ihre Ohren, und sie werden ganz ruhig stehen, so dass du sie der Jungfrau zu Gefallen melken kannst.»

Der Bursche nahm dem Hengst die Zügel ab und führte ihn zu den Stuten. Der Hengst streichelte ihnen den Rücken und wieherte ganz leise in die Ohren, sie standen still, und der Bursche konnte sie in aller Ruhe melken.

Kaum hatte er die Milch ins Schloss gebracht, ließ der König, eifersüchtig und neidisch auf seine Jugend, ihn wieder zu sich bringen und befahl: «Du musst die Milch kochen und dann darin baden!»

Der Bursche trottete zu seinem Hengst und klagte ihm seine neue Not.

Das Pferd aber sagte: «Habe ich dir nicht gleich gesagt, lass die Feder liegen, du wirst nur Ungemach davon haben? Aber das hier ist die letzte schlimme Aufgabe. Du kannst in die Milch springen, ohne dass du dich zu Tode verbrühst. Wenn die Milch kocht, stellen wir uns nämlich beide dazu und weinen so lange und so viel, bis die Milch durch unsere Tränen abgekühlt ist. Dann erst springst du hinein.»

Der Bursche kochte die Milch ab und führte seinen Hengst aus dem Stall. Sie standen und weinten soviel Tränen, bis die Milch abgekühlt war. Nun sprang der Bursche hinein und kletterte viel schöner heraus, als er gewesen war.

Als der alte König von der Verwandlung erfuhr und den jungen Burschen sah, wurde er noch eifersüchtiger und dachte bei sich, wenn er auch in der kochenden Milch badete, dann würde er wieder als junger Mann heraussteigen.

Er wusste aber nicht, dass der Bursche und sein Hengst mit ihren Tränen die Milch abgekühlt hatten. Die Meerjungfrau freilich hatte heimlich zugesehen.

Der König befahl, die Milch noch einmal aufzukochen, und als sie kochte, sprang er hinein und verbrühte sich zu Tode.

Der Bursche nahm die Meerjungfrau zur Frau und wurde ein guter König für das Land. Denn der Hengst aus dem Klosterstall wusste immer den rechten Rat für ihn.

# Drei Wünsche

Ein Witwer mit drei Kindern erkrankte, rief seinen Sohn und seine beiden Töchter zu sich und sagte: «Ich werde bald sterben. Bleibt immer brav und gut zueinander und zu allen Leuten. Dann werdet auch ihr ein gutes Leben haben.» Dann segnete er sie und starb.

Als er begraben war, teilten sich die Kinder das, was er ihnen hinterlassen hatte. Der Vater hatte ihnen aber nichts hinterlassen als seinen Segen und drei kupferne Groschen. Jedes Kind bekam einen Groschen. Der Sohn sagte gleich seinen Schwestern Lebewohl und zog in die Welt, um sein Glück zu suchen.

Nach einigen Tagen gelangte er in einen großen Wald. Dort saß ein Zwerg unter einem hohen Baum und bat: «Gib mir etwas!»

Der Junge antwortete: «Ich gebe dir mein ganzes Vermögen», und gab ihm den kupfernen Groschen.

Der Zwerg sagte: «Zum Dank für dein Geschenk will ich dir drei Wünsche erfüllen. Du sollst sie auswählen, aber geh klug damit um, dann wirst du Glück haben.»

Der Bursche konnte vor Überraschung kaum sprechen. Er flüsterte, was ihm eben einfiel: «Ich will mich verwandeln können in eine Taube, in einen Fisch, in einen Hasen.»

Der Zwerg antwortete: «Alles soll sein, wie du es wünschst. Sobald du dich schüttelst, wirst du verwandelt und bekommst auch immer deine Menschengestalt wieder.»

Der Jüngling verwandelte sich schnell in eine Taube und flog hoch in den Himmel. Ohne zu wissen wohin, flog er, bis er unter sich eine Stadt sah und landete auf einem Hausdach. Auf der Straße hörte er Leute reden, dass der König junge Burschen sammele. Er ließ sich vom Dach gleiten, schüttelte sich und war wieder ein Jüngling. Er fand das Werbezelt, erhielt sein Werbegeld und wurde Soldat.

Nach einiger Zeit zogen die Soldaten in den Krieg. Auf dem Schlachtfeld wählte der König aus den neugeworbenen Soldaten zwanzig für seine Leibwache aus und verteilte die übrigen auf die Regimenter. Der Jüngling geriet in die Leibwache und war nun immer in der Nähe des Königs.

Bald begann die Schlacht und der König verlor die ersten zwei Gefechte. Er rief seine Offiziere und auch die Leibgarde zu sich und sprach: «Ich habe meinen Zauberring nicht bei mir, deshalb verlieren wir. Wer kann den Ring in einer Stunde herbringen, damit wir von neuem ins Gefecht ziehen? Meine Tochter, die Prinzessin hat den Ring bei sich.»

Alle schwiegen, der Jüngling aber trat zum König: «In einer Stunde will ich mit dem Ring zurück sein.»

Der König sagte: «Mein Schloss liegt weit entfernt. Wenn du mir aber den Ring wirklich in einer Stunde bringst, gebe ich dir meine Tochter zur Frau.»

Der Jüngling ging sofort zur Seite und verwandelte sich. Als Taube flog er über Wälder und einen großen See, landete auf einer Wiese, schüttelte sich und wurde ein Hase. Der Hase rannte so schnell, dass die Hinterläufe beinahe die Vorderläufe überholten. Als er das Schloss erblickte, verwandelte er sich wieder in eine Taube. Ein Fenster im Schloss war offen, am Fenster saß die Prinzessin. Die Taube flog zum Fenster hinein, setzte sich der Prinzessin auf den Schoß und gurrte leise: «Dein königlicher Vater schickt mich und bittet um seinen Zauberring. Gib ihn mir schnell, damit dein Vater die

Schlacht gewinnen kann.» Und weiter gurrte die Taube: «Ziehe aus meinem Flügel drei kleine Federn und denk an mich.»

Die Prinzessin zog drei Federchen aus dem Flügel.

Die Taube schüttelte sich und verwandelte sich in einen Fisch. Der Fisch flüsterte: «Schnippe aus meinem Rücken drei Schuppen und denke an mich.»

Die Prinzessin schnippte drei Schuppen aus seinem Rücken und legte sie zu den drei Federchen in ihren Schoß.

Der Fisch schüttelte sich und wurde ein Hase. Der Hase lispelte der Prinzessin zu: «Schlage mir ein winziges Stückchen vom Schwanz ab und denke an mich.»

Die Prinzessin schlug ihm ein winziges Stückchen vom Schwanz ab.

Plötzlich stand der Hase als schöner junger Mann vor ihr und sagte: «Bewahre die drei Zeichen sehr sorgsam auf, damit du mich wieder erkennst.»

Die Prinzessin gab ihm den Ring und flüsterte: «Und du denke immer an mich, denn ich werde die deine sein.» Sie küsste ihn, der Jüngling verwandelte sich in eine Taube und flog davon.

Er landete auf einer Wiese und verwandelte sich in einen Hasen, weil der noch schneller laufen konnte, als die Taube fliegen.

Im Heer des Königs diente auch ein Zauberer. Er hatte die Verwandlungen bemerkt und gedacht: ‹Der Pfeil von meinem Bogen kann jedes Tier, das sich unserem Heer nähert, tödlich treffen. Dann liegt der Bursche am Boden, ich nehme ihm den Ring ab, bringe ihn zum König und bekomme die Prinzessin zur Frau.›

So dachte der Zauberer und hielt Ausschau. Er sah den Hasen von weitem und traf ihn. Der Hase lag da, der

Zauberer zog ihm den Ring vom Schwänzchen und brachte ihn zum König. Der König schob den Ring auf seinen Finger, zog mit seinem Heer von neuem in die Schlacht und vertrieb den Feind aus dem Land.

Nach dem Sieg ließ der König den Zauberer zu sich kommen und begrüßte ihn mit freundlichen Worten: «Du hast mein Königreich gerettet und bekommst dafür meine Tochter zur Frau.»

Nicht viel später kehrte er mit seinem Heer in die Hauptstadt zurück. Die Leute begrüßten ihn und seine Soldaten mit Fahnen und Gesängen. Der König bezog mit seiner Leibwache wieder das Schloss und wollte die Verlobung seiner Tochter mit dem Zauberer bekannt geben.

Er ging mit ihm in die Gemächer der Prinzessin und erklärte: «Dieser da ist dein Bräutigam, denn er hat das Königreich vor Schmach und Elend bewahrt.»

Die Prinzessin aber antwortete auf der Stelle: «Das ist nicht der Richtige. Der, dem ich deinen Ring gegeben habe, war viel schöner und jünger. Diesen hier will ich nicht.»

Der König entgegnete ihr: «Ich habe mein Wort gegeben und muss es halten. Ich will dir jedoch ein paar Tage Zeit lassen, damit du darüber nachdenkst. Danach freilich wird er dein Mann.»

Alles das geschah, als der Hase immer noch wie tot auf dem Feld lag. Da trat ein Zwerg heran, stieß ihn mit dem Fuß und befahl: «Schnell auf die Beine! Es ist höchste Zeit, in die Stadt zu rennen.»

Auf der Stelle war der Hase wieder gesund und kräftig. Er sprang auf, schüttelte sich und schon flog er als Taube in die große Stadt. Vor dem Schloss ließ er sich nieder, schüttelte sich und stand da als schöner junger

Mann. Die Wachen ließen ihn aber nicht ins Schloss. Er schüttelte sich wieder, wurde zur Taube, flog durch ein offenes Fenster ins Schloss, nahm seine menschliche Gestalt an und fand die Prinzessin in ihrem Zimmer. Sie weinte vor Glück, umarmte ihn und seufzte: «Du bist also nicht im Krieg gefallen!»

Sie rief ihren Vater herbei und stellte ihm den jungen Mann vor: «Das ist mein richtiger Bräutigam.»

Der König wollte das nicht glauben.

Der junge Mann erklärte: «Ich beweise dir, dass ich es bin, der den Ring geholt hat. Die Prinzessin hat nämlich drei Zeichen bei sich.»

Die Prinzessin sprang auf und brachte aus einem verborgenen Fach drei Federchen, drei Schuppen vom Fisch und ein winziges Stückchen vom Hasenschwanz. Der Jüngling verwandelte sich in eine Taube und der König sah, dass die drei Federchen aus seinem Flügel gerissen waren. Er verwandelte sich in einen Fisch und der König sah, dass ihm drei Schuppen fehlten. Er verwandelte sich in einen Hasen, und der König sah, dass ein winziges Stückchen Schwanz abgeschlagen war.

Der König sagte: «Ich sehe, du bist der rechte Bräutigam. Der aber, der mich und dich betrogen hat, wird seine gerechte Strafe erleiden.»

Sie fingen den falschen Bräutigam und warfen ihn lebenslang in Ketten in das tiefste Kerkerloch.

Die Prinzessin feierte mit ihrem Bräutigam eine große Hochzeit. Der alte König ließ auch die beiden Schwestern des jungen Mannes herbeiholen, und alle waren glücklich und lebten lange Jahre gut miteinander.

# Drei Ringe

Ein König besaß gleich hinter dem Schloss einen großen schönen Garten. Mitten darin hatte er vor vielen Jahren einen Apfelbaum gepflanzt, der jedes Jahr nur drei Äpfel trug. Noch nie aber hatte der König einen Apfel kosten können, weil die Früchte immer wieder auf sonderbare Weise verschwanden.

Schon einige Jahre lang stellte der König unter dem Apfelbaum Wachen auf. Doch als die Früchte reif waren, waren sie verschwunden, ohne dass die Wachen sagen konnten, wie das geschah.

Eines Nachts stand ein besonders aufmerksamer Soldat Wache. Als die Glocke vom Schlossturm zwölf Uhr schlug, bemerkte er, wie eine graue Wolke sich auf den Apfelbaum herabsenkte. Der Soldat vergaß vor lauter Überraschung einmal zu atmen, und schon hatte sich die Wolke wieder vom Apfelbaum erhoben. Doch der aufmerksame Soldat beobachtete, wie sie sich unter einen großen Dornbusch verkroch. Die drei Äpfel hingen nicht mehr am Baum.

Am Morgen meldete er dem König das sonderbare Geschehen. Auf der Stelle begab sich der König mit seinen Söhnen und vielen Dienern in den Garten. Sie gingen zum Dornbusch und fanden kein Loch, worin die Wolke hätte verschwinden können. Sie gruben und gruben, doch je tiefer sie gruben und je mehr sie mit allen Kräften versuchten, den Busch auszureißen, umso schneller wuchs er.

Einer der Diener kannte einen starken Zauberspruch. Er sagte ihn laut und klar her und auf einmal wurden die Wurzeln immer kleiner und dünner. Nun konnten sie weitergraben und entdeckten schließlich ein Loch im

Erdboden. Sie warfen einen Stein in die Tiefe, es dauerte sehr lange, bis sie hörten, wie er unten auf dem Boden aufschlug.

Der König fragte: «Wer von euch ist mutig genug hinunterzugehen?»

Niemand meldete sich.

Schließlich trat sein ältester Sohn vor und sagte: «Ich will den bösen Zauber brechen. Lasst mich hinunter in die Tiefe!»

Sie holten ein langes Seil heran, schlangen es dem Prinzen um den Leib und ließen ihn in die Tiefe gleiten.

Er rief ihnen zu: «Zieht mich wieder hoch, wenn ich am Seil zerre!»

Der Schacht endete in einem dunklen Gang. Der Prinz tastete sich voran und gelangte in einen großen Saal. In der Mitte brannte im Kamin ein helles Feuer und davor saßen drei überaus schöne Jungfrauen. An der Seite befand sich ein Brunnen, in dem klares Wasser silbern schimmerte, und darüber hing ein großes Schwert.

Die drei Jungfrauen sprachen im Chor: «Wir sind verzaubert. Wenn du gekommen bist, uns zu erlösen, dann trinke aus diesem Brunnen, denn das Wasser ist das Wasser der Kraft und des Lebens. Nimm das Schwert und hänge es dir um. Wenn du alles richtig machst, wirst du den Zauber lösen und selber sehr glücklich sein.»

Der Prinz ließ sich auf die Knie nieder und schöpfte mit den Händen drei Mal Wasser aus dem Brunnen und schlürfte es drei Mal aus seinen Händen. Kaum hatte er den letzten Tropfen geschluckt, fühlte er sich stärker als je zuvor in seinem Leben. Rundherum spürte er böse Geister. – Er nahm das Schwert, hängte es sich um, zog es aus der Scheide und vertrieb mit ihm alle bösen Geister aus dem Saal. So erlöste er die drei Jungfrauen.

Die älteste und schönste Jungfrau sagte zu ihm: «Nun führe uns hinauf in die Welt, damit wir wieder die Sonne sehen. Zuvor aber nimm unsere Geschenke an.»

Die jüngste trat zu ihm, zog einen Ring vom Finger, auf dem die Sonne hell strahlte, übergab ihm den Ring, dazu noch ein Halstuch, auf dem auch die Sonne leuchtete, und sagte: «Bewahre das gut.»

Die zweite, die noch schöner war als die erste, gab ihm einen Ring, auf dem die Sonne und der Mond leuchteten und dazu ein Tuch mit der Sonne und dem Mond.

Die dritte, die älteste und schönste, steckte ihm einen Ring an den Finger, auf dem Sonne, Mond und Sterne leuchteten, und gab ihm dazu ein seidenes Tuch mit Sonne, Mond und Sternen. – Nun band der Prinz das Seil so kunstvoll, dass die jüngste wie in einer Schaukel darin sitzen und sich mit beiden Händen festhalten konnte. Er zerrte am Seil und die Brüder zogen die Jungfrau hinauf.

Der König hatte dringend ins Schloss gehen müssen und die Diener waren mit ihm gegangen. Nur die beiden jüngeren Prinzen waren noch da. Sie ließen das Seil wieder hinunter und holten auf die gleiche Weise die zweite und die dritte Jungfrau hinauf. Als die Brüder die wunderschönen Mädchen vor sich sahen, verloren sie ihren Verstand und flüsterten sich zu: «Wir nehmen uns einfach jeder eine. Unser Bruder mag ruhig unten bleiben.»

Sie ließen das Seil nicht mehr hinab und erzählten ihrem Vater, dass sie es wohl hinabgelassen hätten, aber der Bruder habe sich nicht gemeldet. Sicherlich sei er in der Tiefe da unten umgekommen.

Der König und die drei Jungfrauen fielen in tiefe Trauer. Im ganzen Land wurde Trauer für ein Jahr und einen Tag angeordnet.

Der Kronprinz in der Tiefe aber überwand noch viele böse Geister und gewann große Schätze.

Schließlich kam ein guter Geist zu ihm und sagte: «Ich will dich auf die Welt zurückführen, sonst wird dein Vater vor lauter Trauer sterben. Auch die Mädchen sind sehr betrübt und deine Brüder zanken sich um sie.»

Noch war kein ganzes Jahr vergangen, als der gute Geist den Kronprinzen zurück auf die Welt brachte. In diesem Augenblick begannen die Glocken dumpf zu läuten.

Der Prinz fragte die Leute: «Warum wird heute wie zur Trauer geläutet?»

Die Leute antworteten: «Ein Jahr geht bald zu Ende, seit unser Kronprinz zwanzig Klafter tief unter der Erde verschwunden ist. Deswegen wird jeden Tag mit den Totenglocken geläutet, bis das Trauerjahr endet.»

Der Kronprinz sagte zu einem Mann: «Gib mir deine Kleider, ich gebe dir meine!»

Sie tauschten die Kleider, und der Kronprinz begab sich auf den Weg in die Stadt. Dort verkündete eben mitten auf dem Markt der Erste Diener des Königs, dass sich der Goldschmied beim König melden solle, der einen Ring arbeiten kann, auf dem die Sonne hell leuchtet.

Der Kronprinz trat bei einem Goldschmied ein und fragte, ob er einen Gehilfen brauche. «Oh ja», antwortete der alte Goldschmied, «wenn du mir einen Ring arbeiten kannst, auf dem eine Sonne hell leuchtet.»

«Das ist eine Kleinigkeit für mich», sagte der Kronprinz.

Der alte Goldschmied eilte zum König und meldete, dass er den gewünschten Ring anfertigen könne.

Schon einige Tage später erschien der Erste Diener des Königs, um den Ring zu holen. Der Meister ging in die Werkstatt und fragte den Gehilfen, ob der Ring fertig sei. Der Kronprinz lachte: «Ja, er ist fertig. Noch ein paar Augenblicke und ich bringe ihn.»

Kaum war der alte Goldschmied verschwunden, zog der Kronprinz den ersten Ring aus der Tasche und brachte ihn zum Meister. Er und der Erste Diener bestaunten den kostbaren Ring und lobten die Arbeit des unbekannten Gehilfen.

Nicht lange, und der Erste Diener des Königs erschien wieder bei dem alten Goldschmied und wollte einen Ring mit Sonne und Mond haben. Der Meister fragte seinen Gehilfen, ob er sich zutraue, einen solchen Ring anzufertigen.

Der Kronprinz antwortete: «Wenn mir der erste Ring gelungen ist, gelingt mir auch der zweite.»

Neun Tage später kam der Diener den Ring holen. Der Meister fragte in der Werkstatt, ob er fertig sei. Der Kronprinz lachte, griff in die Tasche und gab dem Meister den zweiten Ring.

Wieder lobten der Goldschmied und der Diener des Königs die Arbeit über alle Maßen.

Nach einiger Zeit kam der Diener das dritte Mal und bestellte einen Ring mit Sonne, Mond und Sternen.

Dieses Mal aber antwortete der Gehilfe dem Meister: «Ich mache nichts mehr, weil ich auf Wanderschaft gehe.»

Auf der Stelle lief der alte Goldschmied zum König und erklärte: «Mein Gehilfe, der die zwei Ringe gearbeitet hat, will nicht länger arbeiten. Ich selbst bin aber nicht mehr geschickt genug, dass ich einen solchen kunstvollen Ring anfertigen könnte.»

Der König drohte: «Ich schicke auf der Stelle den Hauptmann meiner Leibwache zu dir, damit er den

Burschen verhaftet und ins Gefängnis bringt. Dort wird er sicher überlegen, ob er den Ring anfertigt oder nicht.»

Der Hauptmann der Leibwache ging mit dem Meister, um den Gehilfen ins Gefängnis zu stecken. Er trat in die Werkstatt und wollte den Gehilfen verhaften. Der überlegte einen Augenblick und sagte: «Gut! Ich will den Ring anfertigen. Aber nur unter den Augen des Königs!»

Darauf nahm ihn der Hauptmann mit ins Schloss. In einem großen Saal warteten der König, die zwei Söhne und die drei Jungfrauen auf den Goldschmiedegehilfen.

Kaum war der eingetreten, griff er in die Tasche und zog drei Tücher heraus. Er breitete sie aus, und alle sahen, dass darauf die Sonne, der Mond und die Sterne leuchteten. Er holte seinen dritten Ring aus der Tasche und zeigte ihn allen. Als die schönste Jungfrau diesen Ring erblickte, auf dem Sonne, Mond und die Sterne funkelten, sprang sie auf und umarmte den prinzlichen Goldschmied: «Du bist unser Befreier, dich habe ich zum Mann gewählt.»

Der alte König fiel fast um vor Freude, seinen verlorenen Sohn wiederzuhaben. Der Kronprinz verzieh seinen Brüdern ihre Schlechtigkeit und gab dem einen das eine Jungfräulein und dem anderen das zweite zur Frau. Er selbst feierte nach nur drei Wochen mit seiner Braut eine feierliche und fröhliche Hochzeit.

An diesem Tag trat der alte König zu ihm und sagte: «Mein Haupt ist grau, mein Bart ist grau, die Krone ist mir zu schwer.» Er nahm sie ab und setzte sie seinem ältesten Sohn aufs Haupt.

Alle sieben lebten nun glücklich im Schloss, und die Leute im Lande hofften, was die Leute immer hoffen, wenn ein Neuer die Krone nimmt: Dass ein Bröckchen vom Glück auch für sie abfällt.

# Das Wasser
## des Lebens

Ein König, der drei Söhne hatte und plötzlich auf den Tod erkrankte, wusste, dass er bald sterben müsse, und rief seine Söhne zu sich. Er ermahnte sie, dass sie sich nach seinem Tod nicht streiten und einander nichts Böses antun dürfen. Tief betroffen gingen die Söhne in den Garten und wollten nicht glauben, dass ihr Vater bald stirbt.

Wie sie so im Garten herumgingen, trat ein alter Mann zu ihnen und fragte: «Warum seid ihr so traurig?»

Der älteste Sohn antwortete: «Unser Vater ist schwer krank und wird bald sterben.»

Der Mann sagte: «Ein Arzt kann eurem Vater sicher nicht mehr helfen, aber das Mittel, das ich euch nenne, wird euren Vater bestimmt wieder gesund machen.»

«Welches Mittel ist das?», fragten die Söhne.

«Es ist das Wasser des Lebens», antwortete der alte Mann. «Einer von euch muss es holen, den Weg wird er wohl finden.» Ohne ein weiteres Wort verschwand er.

Der älteste Sohn eilte zum Vater und versprach, das heilende Wasser des Lebens zu holen. Der König gab ihm seinen Segen auf den Weg. Der Sohn sagte auch seiner Mutter und beiden Brüdern Lebewohl und ritt davon.

Nach langer Zeit gelangte er in einem großen Wald auf einen Kreuzweg. Dort saß ein graues Männlein und fragte: «Wohin reitest du, junger Reiter?»

Der Kronprinz antwortete unfreundlich: «Das musst du gerade wissen. Du kannst mir ja doch nicht helfen.»

Zur Strafe für die grobe Antwort ließ ihn das Männlein den falschen Weg reiten. Je weiter der Prinz ritt, umso enger wurde der Weg und am Ende verirrte er sich völlig und wusste weder aus noch ein, es ging nach vorn nicht weiter und es ging nicht mehr zurück. Der Kronprinz war für lange Zeit gefangen.

Da er nicht mehr zurückkehrte, machte sich der zweite Sohn auf, um das Wasser des Lebens zu holen. Ihm geschah das gleiche: Das graue Männlein schickte ihn ebenfalls auf den gleichen falschen Weg. Nun sattelte der jüngste Sohn sein Pferd und ritt in den großen dunklen Wald.

Das graue Männlein saß wieder am Kreuzweg und fragte: «Wohin willst du, junger Reiter?»

«Ich reite, um das Wasser des Lebens zu holen, damit unser Vater gesundet.»

Das Männlein sagte: «Weil du so freundlich bist, wirst du das Wasser auch finden. Wenn du auf diesem Weg weiterreitest, kommst du vor ein großes Schloss. Das Schloss und alle Leute darin sind verzaubert. Auf dem Schlosshof wachen zwei mächtige Löwen. Wirf jedem ein halbes Brot ins Maul, dann werden sie ruhig sein und dich hineinlassen. Geh nun geradewegs ins Schloss. Dort findest du eine verzauberte Prinzessin. Wenn du sie erlöst, wird sie dir erklären, was du tun sollst. Im Schloss selbst aber darfst du nicht über Mitternacht bleiben. Wenn du es doch tust, wirst du sterben.»

Das Männlein übergab dem Reiter einen eisernen Stab, mit dem er das Tor zum Schlosshof aufsprengen könne, und einen Laib Brot für die Löwen, damit sie sich nicht rührten und ihn hineinließen.

Nach einer Weile sah der Prinz noch weit voran das verwunschene Schloss. Bald kam er in die Nähe, sprengte mit dem eisernen Stab das Tor, brach sofort das Brot entzwei und warf jedem Löwen eine Hälfte ins Maul.

Vor dem Schloss band er sein Pferd an einen Baum. Er stieg die Treppe hinauf und trat ein. An einem Tisch saß ein Mann, der kein Wort sprach. Im nächsten Zimmer saß eine Prinzessin am Tisch, die sich nicht rührte. Der Prinz ging hin und berührte sie. Die Prinzessin hob den Kopf, sah ihn an und seufzte: «Komm in einem Jahr wieder, mein Lieber. Dann kannst du mich erlösen. Heute ist noch nicht die rechte Zeit.»

Sie flüsterte ihm noch etwas zu, ein Geheimnis vielleicht oder einen Rat.

Der Prinz gelangte ins dritte Zimmer. Dort stand ein aufgedecktes Bett und weil er müde war, ruhte er sich ein wenig aus. Danach stand er auf und geriet in einen langen Gang, an dessen Ende er die Quelle des Wassers des Lebens fand. Er füllte eine Flasche, verließ schnell das Schloss und sprang auf sein Pferd, als die Uhr auf dem Schlossturm zwölf zu schlagen begann. Er war noch nicht ganz aus dem Tor hinaus, als es sich hinter ihm krachend schloss und dabei ein Stück Pferdeschwanz abschlug.

Vor dem Tor wartete das graue Männlein – es war der stumme Mann – und sagte: «Eile, eile, Junge. Du hast noch viel zu erledigen. Du kommst in drei Königreiche. In dem ersten tobt ein Aufstand, im zweiten breitet sich eine große Hungersnot aus, und im dritten wütet ein schrecklicher Krieg. Da hast du einen Stab und beende den Aufstand. Hier hast du ein Brot, das sich von selbst vermehrt, verteile es, und die Hungersnot stirbt. Hier hast du ein Schwert, schlage den Krieg tot.»

Der Prinz ritt auf der Stelle los.

Im ersten Königreich nahm er seinen Stab, stellte die Aufständischen zufrieden und beruhigte die Menschen.

Im zweiten Königreich verteilte er sein Brot an die Hungernden, und als er über die Grenze ritt, starb die

Hungersnot ab. – Schließlich gelangte er in das dritte Königreich. Schon von weitem hörte er den Lärm der Schlacht, zog sein Schwert gegen die, die das Land überfallen hatten, und jagte sie über die Grenze.

Nun war der Krieg besiegt, auch die Hungersnot und der Aufstand.

Er ritt weiter, bis er an einen großen See kam und dort auf seine zwei Brüder traf. Sie umarmten sich und erzählten sich von Gefahren und Erlebnissen.

Zusammen gingen sie zum Fährmann und ließen sich übersetzen. Auf dem Boot schlief der jüngste der Brüder ein. Die beiden älteren stahlen dem Schlafenden die Flasche mit dem Wasser des Lebens, leerten sie in die ihren und füllten die seine mit Wasser aus dem See.

Am anderen Ufer weckten sie den Bruder und begaben sich zu dritt an Land, es war nicht mehr weit bis zum väterlichen Schloss. Sofort gingen sie zum Vater. Ihre Mutter saß weinend neben dem Bett, weil sie fürchtete, die Söhne kämen nicht rechtzeitig zurück. Der jüngste Sohn zog seine Flasche aus der Tasche und ließ den Vater trinken. Kaum hatte der Vater einige Tropfen geschluckt, wurde er noch kränker.

Verzweifelt ging der Sohn hinaus.

Nun zog der älteste Sohn seine Flasche mit dem wirklichen Wasser des Lebens aus der Tasche, gab sie dem Vater und sagte: «Mein jüngster Bruder wollte dich vergiften, aber ich bringe dir das wahre Wasser des Lebens.»

Der Vater trank, erholte sich und stand sofort gesund und kräftig auf.

Die Mutter lief weinend vor Freude aus dem Zimmer.

Der Vater sprach zu den beiden Söhnen: «Wir müssen beraten, wie wir das Verbrechen eures Bruders bestrafen, bevor die Mutter wiederkommt.»

Der älteste der Brüder sagte: «Was anfangen mit ihm? Er muss sterben! Soll ihn der Jägermeister im Wald töten.»

Sie fesselten ihren Bruder und ließen ihn in den Wald verschleppen. Der Jägermeister war ein guter Mensch und als er allein mit dem Prinzen im Wald war, flüsterte er ihm zu: «Lauf schnell weg! Ich werde im Schloss erklären, dass ich dich getötet und vergraben habe.»

Auf der Stelle löste er ihm die Fesseln und der jüngste Prinz lief tiefer in den Wald hinein, bis er wieder zum Kreuzweg kam. Dort saß schon wie wartend das graue Männlein und fragte ihn: «Wissen deine beiden Brüder, was dir die Prinzessin zugeflüstert hat?»

Er antwortete: «Sie wissen, dass ich sie gefunden habe, sie wissen aber nicht, dass sie gesagt hat: ‹Ich lasse einen goldenen Weg bauen und der, der auf ihm zu mir kommt, den lassen meine Diener zu mir.›»

Das Männchen befahl: «Eile, eile, dass du zu ihr gelangst.»

Inzwischen war auch schon der älteste Bruder unterwegs zu jenem Schloss der Prinzessin. Plötzlich sah er vor sich einen goldenen Weg, überlegte und sagte: «Nein, hier darf ich sicher nicht gehen», und er nahm einen Seitenpfad. Er gelangte zum Schloss, die Tore öffneten sich nicht und er musste enttäuscht zurückkehren.

Der zweite Bruder machte sich auf den Weg und ihm erging es ebenso.

Dann kam der jüngste, sah den goldenen Weg und lief auf ihm zum Schloss. Sofort öffnete sich das Tor, er trat ins Schloss und die Prinzessin flog ihm in die Arme.

Sie feierten noch in der gleichen Woche Hochzeit, und der jüngste Bruder wurde König eines großen Reiches.

Irgendeinmal sagte die junge Frau zu ihrem Mann: «Ich möchte gern, dass wir, du und ich, zu deinen Eltern fahren, damit sie uns den Segen geben. Deine Brüder freilich werden sich schämen, wenn sie dich als König wiedersehen.»

Es geschah, wie es die junge Königin wollte. Sie ließen ihre goldbeschlagene Kutsche polieren, vier edle Rappen davor spannen, den Kutscher in die beste Livree stecken, und fuhren, die Frau mit ihrem ersten Kind auf dem Schoß, zu Besuch. Die Eltern freuten sich herzlich darüber und waren glücklich, ihren jüngsten Sohn wiederzuhaben und ihren ersten Enkel zu sehen.

Die beiden Brüder aber verkrochen sich in einen tiefen Keller und schämten sich.

# Geldbeutel, Rennstiefel und Weidenflöte

Einmal machten sich drei Brüder zusammen auf, und zogen in die Welt und verirrten sich in einem großen Wald. Eine alte Frau kam ihnen entgegen, gab ihnen einen Schlüssel und sagte: «Folgt weiter diesem alten Pfad, bis ihr einen großen Steinblock findet, der dicht und fest mit Moos bewachsen ist. Ihr müsst das Moos solange abschaben, bis ihr ein Schlüsselloch entdeckt. Dieser Schlüssel hier gehört in das Schloss. Damit öffnet ihr eine schwere Tür, geht durch und gelangt in einen langen unterirdischen Gang. Diesem Gang folgt weiter und weiter.»

Mit diesen Worten verschwand die alte Frau.

Die drei Brüder fanden den riesigen Stein, schabten das Moos ab, öffneten die Tür, schritten eine Stunde lang durch den unterirdischen Gang, sahen kein Ende und wurden müde und verdrossen. Schließlich schien es ihnen aber doch, als ob weit vorn Sonnenlicht sei, sie schritten schneller aus und gelangten endlich vor ein großes Schloss. Sie traten ein, aber keine Menschenseele war da.

Sie setzten sich an einen reich gedeckten Tisch und aßen, bis sie satt waren. Der Tisch deckte sich sogleich mit neuer Speise, und sie meinten, sie sollten auch davon essen, und aßen und aßen. Keine Menschenseele zeigte sich und kein fremder Laut war zu hören. Vom reichlichen Essen waren sie müde und legten sich hin, jeder in eines der vornehmen Betten in vornehmen Zimmern.

Als sie morgens aufwachten, stand Wasser bereit und weiche Handtücher hingen da. Während sie sich wuschen, deckten sich die Tische wie von selbst für ein wunderbares Frühstück. So ging es Tage und Tage und es gefiel ihnen sehr. – Das alles geschah in einem verwunschenen Schloss nahe der Stadt, die einem Fürsten gehörte, der einen sehr schönen Park besaß.

Eines Tages erschien eine junge Frau von irgendwoher bei ihnen und sagte: «Ihr dürft hier immer wohnen und essen und trinken, was auf die Tische kommt. Doch keiner darf mich anrühren und keiner ohne meine Einwilligung weggehen.»

Nach und nach aber wurde dem ältesten Bruder das leere Leben im Schloss zu langweilig. Er wollte in die Welt gehen, musste jedoch zuvor der jungen Frau versprechen, dass er zurückkäme. Sie schenkte ihm einen Lederbeutel voller Taler und Dukaten und sagte, selbst wenn er den ganzen Beutel ausschüttete, fülle er sich von selbst wieder. So ging der älteste Bruder hinaus und erreichte in der Nacht die Stadt des Fürsten. Er fragte den Nachtwächter nach dem vornehmsten Gasthaus.

Zum Dank für die Auskunft leerte er seinen Beutel in den Hut des Wächters.

Im Gasthaus mietete er das beste Zimmer und schüttete zum Versuch mehrmals seinen Geldbeutel in eine Zimmerecke aus. Der Beutel füllte sich sofort wieder mit Talern und Dukaten.

Der Wirt hatte eine schöne Tochter, und der neue Gast hoffte, dass sie ihm am Morgen das Frühstück bringen werde. Es kam aber eine Magd, und er schüttete ihr einen Beutel voll in die Schürze.

Die Magd kannte sich nicht aus mit Geld und zeigte es darum dem Wirt.

Der Wirt war habgierig und schlau, er sagte: «Ich will es dir wechseln, das ist ja alles nur Kupferzeug.»

Am nächsten Tag schickte er seine Tochter mit dem Frühstück hin, die erhielt aber nichts von dem Gast.

Der Bursche schlenderte durch die Straßen der Stadt, kaufte die besten Sachen zum Anziehen und vergaß, dass er versprochen hatte, zurückzukommen. Er spielte den großen Mann, und wenn er in die Kirche ging, warf er immer ein Goldstück auf den Altar.

Die Leute wunderten sich und sagten zueinander: «Wir geben einen Groschen und der ein Goldstück. Wie ist das möglich?»

Eines Tages fing ihn ein hübsches Mädchen vor der Kirchentür ab, machte ihm schöne Augen und flüsterte: «Mein Vater betrachtet zu gern schöne Geldbeutel. Würdest du mir erlauben, dass ich ihm den deinen einmal zeige?»

Der älteste der drei Brüder glaubte ihren blauen Augen und gab ihr den Beutel. Er sah seinen Beutel und sie nicht wieder und hatte sie nicht einmal nach dem Namen gefragt.

Auch dem zweiten der Brüder wurde es langweilig im Schloss und er bat das Fräulein um Erlaubnis, in die Welt gehen zu dürfen. Er versprach ihr fest, hierher zurückzukehren. Sie erlaubte ihm zu gehen und schenkte ihm ein Paar Stiefel. Sobald er sie an den Füßen habe, sagte sie, werden sie ihn tragen, wohin er wolle.

Er verließ das Schloss, kam in die Stadt des Fürsten und fand seinen Bruder. Die Leute auf den Straßen bemerkten, dass die Stiefel wie Rennpferde waren: Sie wollten schneller laufen, als er voranging.

Aus einem reichen Kaufmannshaus sah ein Mädchen aus dem Fenster und ihr fiel auf, dass die Stiefel es eiliger hatten, als der Bursche es ihnen erlaubte.

Sie beugte sich aus dem Fenster und fragte: «Lieber Herr, wie ist es möglich, dass deine Stiefel es eiliger haben als du?»

Er antwortete stolz: «Meine Stiefel sind so, dass sie mich sofort dorthin tragen, wo ich sein will.»

Sie rief ihn ins Haus und redete auf ihn ein: «Mein Vater muss immer so weit reisen, leih mir doch deine Stiefel für einige Tage, damit er seine Geschäfte schneller erledigen kann.»

Dabei verdrehte sie ihre Augen so treuherzig, dass er ihr wirklich seine Stiefel auslieh und sie nie wieder sah.

So hatte auch dieser der drei Brüder sein Wundergeschenk verloren.

Allein wurde es auch dem jüngsten Bruder im Schloss zu langweilig und er wollte für ein paar Tage in die Welt. Das Fräulein ermahnte ihn, wirklich zurückzukehren, und schenkte ihm einen Fellranzen und eine Flöte. Wenn er in die Stadt des Fürsten komme, sagte sie, dann solle er die Flöte spielen und sofort werden aus dem Ranzen Soldaten erscheinen, ein ganzes Regiment und noch viel mehr. Sie gab ihm noch diesen und jenen Rat, verriet ihm, was den beiden anderen widerfahren war, und ließ ihn gehen.

Er machte sich sofort auf den Weg in die Stadt des Fürsten und schickte sogleich einen Stadtdiener zum Bürgermeister mit dem Befehl, binnen zwei Stunden die beiden Mädchen, die den Geldbeutel und die Stiefel gestohlen hatten, auf einem Mistwagen aus der Stadt hinauszufahren. Wenn nicht, wird die ganze Stadt in drei Stunden eine Aschestadt sein.

Der Bürgermeister ließ die beiden jungen Frauen auf der Stelle festnehmen, und so erhielt der älteste der Brüder seinen Geldbeutel zurück und der zweite seine Stiefel.

Als alles geregelt war, ging der jüngste Bruder selbst zum Bürgermeister und bat um Erlaubnis, mit seinen Soldaten durch die Stadt paradieren zu dürfen. Der Bürgermeister erlaubte das gern, und der Zug der Soldaten dauerte hin und zurück durch die Stadt drei Tage und drei Nächte. Niemand durfte von einer Straßenseite auf die andere, und die Leute konnten weder Brot noch Fleisch kaufen.

Nachdem der Jüngste die Parade abgenommen hatte, ergriff er die Flöte, drehte sie um, blies, alle Soldaten verschwanden in seinem Fellranzen, und er kehrte zurück zu dem Fräulein im Schloss.

Als er an dem Steinblock anlangte, zitterte dieser vor Freude, und jedes Schloss und jede Türe öffnete sich wie von selbst.

Das Fräulein trat ihm entgegen und sagte: «Du darfst mich nicht anrühren, mein Lieber, ehe du nicht die letzte schwere Prüfung bestanden hast. In einem Zimmer werden elf Jungfrauen stehen, gleich im Gesicht und gleich in der Kleidung. An ihrer Reihe musst du entlang gehen, hin und her, bis du die Rechte findest. Neben den Mädchen wird eine alte und sehr große Frau stehen, eine wirkliche Hexe mit einem zwei Ellen breiten Maul. Wenn du nicht die Richtige findest, wird sie dich töten und auf der Stelle auffressen.» Kaum hörbar setzte sie schließlich hinzu: «Ich werde die sein, die ihren linken kleinen Finger ein wenig bewegt.»

Der jüngste der drei Brüder kam in das Zimmer mit den aufgereihten Mädchen, ging an der Reihe entlang, die alte Hexe stieß ihn immer wieder zu dem einen oder zu dem anderen Mädchen, aber er ließ sich nicht verführen. Am Ende nahm er das Mädchen an die Hand, das seinen kleinen Finger ein ganz klein wenig bewegte.

Es war die Richtige.

Als sie sich glücklich umarmten, verschwanden die anderen zehn und auch die alte Hexe. An der Wand stand ein vornehmes Sofa mit vielen weichen seidenen Kissen. Sie legten sich nieder, umarmten sich wieder und wieder und küssten sich den Tag und die Nacht.

Sie lebten noch viele lange Jahre im Schloss und hatten sieben Kinder.

Die beiden anderen Brüder zogen weit hinaus in die Welt, der eine mit dem Beutel voll Geld und der andere mit den Rennstiefeln an den Füßen.

# Der verwunschene Prinz

Auf einem kleinen Bauernhof am Rande der weiten Heide lebte einmal ein Mädchen. Es war das einzige Kind ihrer Eltern, war fröhlich am Morgen und fröhlich am Abend und schön wie eine junge Birke im Mai.

Eines Tages begegnete ihr Vater in der Heide einer alten weisen Frau, die ihm weissagte: «Wenn deine Tochter vor der Hochzeit keinen Burschen näher als zwei Schritt an sich heranlässt und sich von keinem vor der Hochzeit in die Arme nehmen lässt, wartet ein großes Glück auf sie.»

Der Mann erzählte das seiner Frau und sie beschlossen, die Tochter am kurzen Zügel zu halten. Wenn sie im Haus arbeitete, hatte die Mutter immer ein Auge auf sie, und wenn der Vater ins Holz in die Heide fuhr, nahm er sie jedes Mal mit.

Einmal fuhr er in den Kiefernwald, um Streu zu sammeln. Die Tochter saß auf dem Wagen. Als sie auf einer doppelten Kreuzung ankamen, sahen sie plötzlich ein edles Pferd, einen Hengst, der von Süden kam, neben ihnen her lief und ganz zart mit den Lippen den Händen des Mädchens schmeichelte.

Das Mädchen empfand eine sonderbare Freude.

Der Hengst spürte das und flüsterte: «Versprich mir, um was ich dich bitte.»

Sie nickte und er sagte noch leiser: «Nach neun Monaten komme ich, und du wirst meine Braut. Doch du darfst es niemandem verraten, höchstens deiner Mutter. Wenn du so tust, wie ich es sage, kannst du mich erlösen, wenn du nicht so tust, wird es euch dreien schlimm ergehen.»

Am Abend, als das Vieh versorgt war und sie mit der Mutter allein in der Stube saß, erzählte die Tochter von der geheimnisvollen Begegnung. Die Mutter freute sich, weil nun das Versprechen der weisen Frau wahr würde. Sie begann gleich über die Hochzeit nachzudenken, es müsse so viel getan werden, dass das Fest nach Brauch und Sitte gefeiert werden könne. Der Mann aber, als er –

Bröckchen nur – davon erfuhr, war sehr bekümmert und sorgte sich um die Tochter.

Neun Monate, dachte die Frau, vergehen schnell, und sie fand jeden Tag etwas, was sie für das große Fest vorbereiten konnte. Der Mann verbot es ihr, er meinte, sie hätten ja kein weiteres Zeichen erhalten und vielleicht habe die Tochter das alles nur geträumt.

Doch auf den Tag genau nach neun Monaten hielten vor dem Hof drei vierspännige Kutschen. Aus der ersten stiegen zwei Brautjungfern und zwei festlich gekleidete junge Männer und brachten reiche Brautgeschenke ins Haus.

Die Mutter öffnete die Truhe, in der die Hochzeitstracht ihrer Tochter lag, und die Brautjungfern kleideten sie an. Zuletzt setzten sie ihr den Brautkranz aus jungem Wacholder auf, und dann wartete die Braut, wie es Sitte war, in der Stube auf den Bräutigam.

Die jungen Männer, die im Flur bleiben mussten, liefen hinaus, als der zweite Wagen ankam, und sangen das Lied vom Bräutlein, das sehnsüchtig im Haus auf den Bräutigam wartet. Der sprang aus dem Wagen, führte die Braut feierlich in die erste Kutsche und lud ihre Eltern ein in die zweite. In die dritte Kutsche setzten sich die Brautjungfern mit den jungen Männern, und unter Peitschengeknall fuhren die drei Kutschen los.

Sie gelangten in die Stadt und dort zu einem wunderschönen Schloss. Der Bräutigam lief hinein, zog Prinzenkleidung an, und sie begaben sich in einem langen Zug in die Kirche zur Trauung. Die Trauung war feierlich und vornehm der Saal im Schloss, wo das Hochzeitsmahl die Tische bedeckte. Von allem war reichlich da, und die Gäste feierten mit den Brautleuten bis Mitternacht.

Schlag zwölf Uhr versammelten sich die Gäste im Kreis um das Brautpaar und sangen, wie es Brauch und Sitte vorschrieb, das feierliche Ehelied für sie. Danach begleiteten Braut und Bräutigam die Eltern zum Wagen. Sie fuhren nach Hause in ihr Dorf und wussten nicht, wo sie gewesen waren, wem das Schloss gehörte und wieso der Bräutigam als Prinz auftrat. Niemand hatte ihnen etwas verraten.

In der ersten Stunde des neuen Tages führte der Prinz seine junge Frau in ihre Gemächer. Er küsste sie und verließ sie. Am nächsten Morgen sah sie ihn wieder. Den nächsten und den übernächsten Tag geschah das Gleiche. In der vierten Nacht konnte die junge Frau, nachdem er sie geküsst und verlassen hatte, nicht einschlafen. Ihr schien, als hörte sie irgendwo einen Hengst schnaufen und mit den Hufen schlagen. Sie stand auf und ging barfüßig in die Gemächer ihres Mannes. Dort war niemand.

Sie nahm eine Wachskerze und suchte mit ihr im ganzen Schloss. Kaum hatte die Glocke im Schlossturm das Ende der Mitternachtsstunde verkündet, wurde es still im Schloss. Kein leises Wiehern mehr, kein leises Getrappel. Die junge Frau suchte weiter, Zimmer um Zimmer, und gelangte schließlich wieder in die Gemächer ihres Mannes. Aus allen Ecken rieselten ihr Gold- und Silbertaler vor die Füße, doch sie bückte sich nicht danach. Und das erwies sich als gut, weil es eine Versuchung war. Am Ende kam sie in das Schlafgemach ihres Mannes. Auf einem Stuhl hing seine Kleidung, und er lag schlafend im Bett.

Als sie ihren Mann so friedlich schlafen sah, ging sie zu ihm und küsste ihn. Ein mächtiger Donnerschlag ließ das ganze Schloss erzittern. Der Prinz wachte auf, umarmte seine Frau, die vor Schreck fast ohnmächtig geworden war, und führte sie zu seiner Mutter, die ihr alles erzählte: Ein böser Zauberer hatte ihren Sohn mit Zauberkraft gezwungen, jede Woche für einige Stunden ein Pferd zu sein. Nur der Kuss eines Mädchens, das zuvor noch keinen Mann geküsst hatte, sollte ihn erlösen können. Und weil es nun so geschehen war, war der Zauber gebrochen.

Die jungen Edelleute lebten noch lange Jahre in Liebe glücklich im Schloss und wurden zusammen alt.

## Dummerjan und König Hans der Kluge

In einem Dorf an der großen Handelsstraße hatte ein junger Bauer die Scheune umgebaut und darin eine Wirtsstube und zwei schöne Gästezimmer eingerichtet. Vor dem Gasthaus stand eine breitästige Linde, unter der man im Sommer gut im Schatten sitzen konnte. Als der Mann graubärtig geworden war, wohnten drei Söhne mit ihm im Haus. Eines Tages kam der älteste Sohn und sagte: «Ich würde mich gern in der Welt umsehen, Vater. Gib mir doch etwas Geld mit auf den Weg.»

Der Vater gab ihm zweihundert Taler.

Schon nach einem halben Jahr kam der älteste Sohn mit leeren Taschen zurück.

Jetzt sagte der zweite zum Vater: «Ich würde mich gern in der Welt umschauen. Gib mir doch etwas Geld auf den Weg mit.»

Er bekam hundert Taler. Nach einem halben Jahr kehrte er mit leeren Taschen zurück.

Schließlich wagte sich auch der jüngste Sohn Hans, den die Brüder für nicht ganz klug hielten, zum Vater und sagte: «Ich möchte mich gern in der Welt umschauen. Gib mir doch etwas Geld mit auf den Weg.»

«Dummer Kerl!», antwortete der Vater. «Wenn die zwei klugen und schlauen zu nichts gekommen sind in der Welt, dann wird es dir schon gar nicht gelingen!»

«Gib mir nur fünfzig Taler», bat Hans, «und ich bin zufrieden.»

Schließlich gab ihm der Vater die fünfzig Taler.

Hans steckte sie in seinen großen Geldbeutel, verließ das Haus und lief entlang der Handelsstraße der großen Stadt zu. Wie er so des Weges ging, fiel ihm auf einmal etwas ein, er blieb stehen und sagte: «Sakrament, ich habe doch meinen Wanderstab zu Hause vergessen.»

Doch zurück wollte er nicht wieder, weil ihn die Brüder sicherlich auslachen würden.

So zog er weiter und traf bald auf einen Schäfer, der seitlich der Straße seine Herde weidete und dabei auf dem Dudelsack spielte.

Hans trat zu ihm und sagte: «Wollen wir nicht tauschen? Ich möchte gern deinen Dudelsack und deinen Schäferstock, du bekommst dafür meine Geldtasche.»

Er hielt die lederne Tasche hoch, der Schäfer hörte, dass es darin schön klingelte, und ließ sich nicht lange bitten. Er gab Hans den Dudelsack und den Schäferstock und rief, bevor Hans wieder auf der Straße war, ihm nach: «Kannst du denn überhaupt spielen auf dem Dudelsack?»

Hans rief zurück: «Wenn ich es nicht kann, werde ich es gleich lernen.»

Beide dachten in diesem Augenblick dasselbe: Wenn der andere auf den Gedanken kommt, dass er einen schlechten Tausch gemacht hat, will er ganz sicherlich das Seine zurück.

Und also rannte der Schäfer mit der Geldtasche auf die eine Seite und Hans mit Dudelsack und Schäferstock auf die andere Seite.

Hans wanderte drei Tage und lernte dabei den Dudelsack spielen. Am Abend des dritten Tages gelangte er vor die Hauptstadt. Mitten in der Stadt lag das königliche Schloss. Hans blieb davor stehen und bewunderte es. Wie er so dastand und gaffte, trat ein Diener des Königs zu ihm und sagte: «Freund, mir scheint, du suchst Arbeit.»

Hans antwortete: «Da hast du ganz Recht.»

Der Diener meinte: «Auf dem königlichen Rittergut ist uns der Schäfer verstorben. Ich denke, du wärst der rechte Mann, seine Stelle einzunehmen.»

Nichts Besseres konnte sich Hans wünschen und wurde so Schäfer des Königs.

Vor der Stadt lagen drei Berge, die Weiden auf den Hängen gehörten dem König.

Am ersten Morgen trieb Hans seine Herde auf den ersten Berg. Am zweiten auf den zweiten Berg, am dritten auf den dritten Berg. Von jedem konnte er weit ins Land schauen und die Felder und Wälder und mitten darin die Dörfer bewundern.

Jeden Tag übte er auch auf dem Dudelsack und war schon nach einer Woche beinahe ein Meister.

Der König hatte eine schöne junge Tochter, fast in Reihe erschienen junge Edelleute bei ihm und wollten sie zur Frau haben. Der König konnte sich so recht für keinen entscheiden, auch weil er wohl wusste, dass seine Tochter die vornehm herausgeputzten jungen Herren nicht mochte.

Am Abend saß die Prinzessin manchmal am Fenster und einmal hörte sie, wie jemand wie ein Meister auf dem

Dudelsack spielte. Hans kam mit seiner Herde heran, sah die Prinzessin am Fenster, blieb stehen und spielte für sie seine schönsten Stückchen – lustige und traurige und wilde – ihr gefiel das sehr und ihr gefiel auch er in seiner Tracht mit dem Dudelsack und dem Schäferstock und dass er groß gewachsen war und ein gutes Gesicht hatte.

Hans aber sah, dass das Jungfräulein am Fenster über die Maßen schön war und er dachte nicht daran, dass sie Prinzessin ist.

Nach einiger Zeit beschloss der König ein großes Reiterfest zu veranstalten: Wer im Rennen der schnellste wäre, sollte seine Tochter zur Frau haben.

Doch die Prinzessin war nicht einverstanden, weigerte sich und erklärte trotzig: «Ich will nicht an einen Mann verhandelt werden, nur weil der schneller reitet als andere.»

Der König aber beharrte auf seinem Entschluss. Die Tochter, die darin nach ihm geraten war und den Dudelsack des Schäfers und seine Weisen von Tag zu Tag lieber hörte, entschloss sich, selbst mitzureiten. Sie war eine ausgezeichnete Reiterin, hatte im königlichen Stall den schnellsten Hengst stehen und meinte darum, dass niemand sie einholen würde und sie am Ende den Schäfer zum Mann nehmen könnte.

Der König ahnte ihre Gedanken und ersann eine List dagegen: Nämlich, dass der, der seine Tochter zur Frau haben wolle, ihr während des Rennens das seidene Halstuch abknüpfen müsse.

Am Vorabend des Rennens sah der Schäfer Hans eine große Schar edler Reiter zu Hofe ziehen.

Er seufzte: «Ach wie schön wäre es, wenn jemand für mich die Schafe hüten würde und ich reiten könnte.» Und er sagte zu den Hofknechten: «Wer morgen an meiner Stelle die Schafherde auf die Weide treibt, bekommt von mir vier Silbertaler.»

Doch die Knechte wollten dem Spektakel zusehen und sagten: «Und wenn du uns acht gäbest, keiner von uns würde die Schafe übernehmen.»

Also zog Hans selbst mit seinen Schafen hinaus, legte sich, um nicht an das große Fest zu denken, ins Gras und schlief. Die Herde durchwanderte das Tal mit der mageren Weide und zog die Hänge des nächsten Berges hinauf.

Als der Schäfer erwachte, sah er die Tiere nirgends mehr, hörte aber von weitem ihr Blöken. Er rannte den Berghang hinauf, und kaum hatte er den Gipfel erreicht, trat ihm ein schrecklicher wilder Riese in den Weg und brüllte ihn an: «Wie kannst du erbärmlicher Wicht es wagen, meine Weide durch deine Schafherde abweiden zu lassen?»

Im gleichen Augenblick riss er seine zentnerschwere Keule hoch und warf sie nach dem Schäfer.

Doch Hans hatte gute Augen und schnelle Beine, er sprang beiseite und die Keule vergrub sich tief in den Boden. Der Riese kam herangerannt, um sie herauszuziehen. Als er sich danach bückte, hieb ihm Hans den Kopf vom Rumpf. Aus dem Halsstumpf fiel ein silbernes Schlüsselchen heraus. Es gehörte zum Silberschloss, in dem der Riese hauste. Hans nahm den Schlüssel und öffnete das Schlosstor.

Gleich kam ein kleines graues Männlein herbeigelaufen und fragte: «Was wünschst du dir, Schäfer?»

Hans antwortete: «Dass jemand für mich die Schafe weidet und ich um die Prinzessin reiten kann.»

Das graue Männlein nickte, brachte ihm sofort silberne Kleider und führte einen Hengst heran, der schneller war als ein Vogel. Schon stand Hans silbern gekleidet da, schwang sich auf den Hengst und der Hengst ritt schnell wie der Wind zum Königshof. Dort versammelten sich eben die Edlen, und als sie den silbernen Reiter heranstürmen sahen, warteten sie auf ihn und erklärten ihm, was ausbedungen war.

Der silberne Reiter bedankte sich, und schon gab der König den Start frei. Sofort setzte sich die Prinzessin an die Spitze, und alle jagten hinter ihr her. Doch ihr Ross war schneller als alle anderen – bis auf den Hengst des Silberreiters, der sie bald erreichte.

Kaum rannten die Pferde Hals an Hals, als der Schäfer der Prinzessin das seidene Tuch vom Hals knüpfte und mit ihm davonritt, ohne dass jemand ihn hätte erkennen können.

Auf dem Schloss übergab er seine silberne Kleidung dem grauen Männchen und führte, fröhlich auf dem Dudelsack spielend, die satte Herde nach Hause.

Die Prinzessin saß nach dem Rennen schon wieder am Fenster, und als sie das Dudelsackspiel näher kommen hörte, sagte sie zu ihrem Vater: «Unser Schäfer spielt heute ganz besonders schön.»

«Dummes Mädchen», antwortete der Vater, «ich denke, dass du heute, wo dir der silberne Edelmann entflohen ist, dich um anderes kümmern solltest als um den Schäfer.»

Weil das Rennen durch die Flucht des Silberreiters ungültig war, ordnete der König an, das Rennen am nächsten Morgen zu wiederholen. Wer dann der Prinzessin die goldene Kette vom Hals löst, soll der Sieger sein.

Am frühen Morgen sagte der Schäfer zu den anderen Knechten: «Wer heute für mich die Herde hinaustreibt, bekommt von mir acht silberne Taler.»

«Und wenn du uns sechzehn gäbest», sagten sie, «wir machen das nicht.»

Also musste Hans wieder selbst die Schafe hinaustreiben. Dieses Mal zog er mit ihnen zum zweiten Berg. Am Hang des Berges lehnte er sich an einen Felsen und schlief bald ein. Die Herde zog weiter und weiter bis an den nächsten Berg.

Als der Schäfer aufwachte, sah er kein Schaf mehr und kletterte den Berg hinauf.

Plötzlich vertrat ihm ein grausamer Riese den Weg und brüllte ihn an: «Du verbrecherischer Wicht hast gestern meinen Bruder getötet, heute musst du dafür sterben.»

Er hob seine riesige Keule und warf sie nach ihm. Doch der Schäfer sprang schnell beiseite und die Keule grub sich tief ins Erdreich hinein.

Als der Riese sie herausziehen wollte und sich dabei bückte, schlug ihm der Schäfer den Kopf vom Rumpf und fand einen goldenen Schlüssel. Der Schäfer Hans ging und öffnete das Tor und trat ein in ein goldenes Schloss.

Gleich erschien ein graues Männlein und fragte: «Was wünschst du, Schäfer?»

«Dass mir jemand die Herde weidet, und ich mit um die Prinzessin reiten kann.»

Das graue Männlein brachte ihm auf der Stelle goldene Kleider und führte einen schwarzen Hengst – schneller als ein Vogel – heran. Der Schäfer Hans sprang auf den Hengst und ritt wie der Sturmwind zum Königshof. Wieder waren schon alle versammelt und warteten auf das Startzeichen. Sie erblickten den goldenen Reiter, warteten auf ihn und erklärten ihm alles.

Nun gab der König den Start frei, die Prinzessin jagte als erste davon. Doch schnell näherte sich ihr der goldene

Reiter, erreichte sie, löste ihr die goldene Kette vom Hals und floh auf den Berg der Riesen. Er übergab sein goldenes Gewand dem grauen Männlein und trieb seine Herde nach Hause. Er war traurig und wusste selbst nicht warum, darum spielte er auf seinem Dudelsack nur traurige Weisen.

Die Prinzessin saß am Fenster und sagte seufzend zu ihrem Vater: «Unser Schäfer spielt heute so traurige Stückchen.»

Der König antwortete: «Dummes Mädchen! Kümmere dich lieber darum, zu erfahren, wer der goldene Reiter war. Du könntest jetzt schon seine Braut sein. Das eine sage ich dir, morgen wird zum letzten Mal geritten, und wenn dir der edle Reiter wieder entflieht, stecke ich dich für immer ins Kloster.»

Für das dritte Rennen ließ der König verkünden: «Wer der Prinzessin den Diamantring vom Finger zieht und sie dabei küsst, soll – und wird! – ihr Bräutigam sein.»

Kaum dass die Sonne aufging, bat der Schäfer Hans die Knechte: «Wer heute für mich die Schafe auf die Weide treibt, bekommt von mir einen ganzen Golddukaten.»

«Und wenn du uns zwei Dukaten gäbest, wir nehmen deine Schafe nicht», sagten die Knechte und lachten. «Wir warten lieber auf den goldenen Reiter.»

Also musste der Schäfer auch heute wieder seine Schafe selbst auf die Weide treiben und er trieb sie zum dritten Berg. Dort setzte er sich an den Stamm einer Linde und schlief  ein. Die Schafe wanderten weidend über den ganzen Berg. – Als Hans erwachte, sah er einen bärtigen Riesen näher kommen, der schon von weitem auf ihn eindonnerte: «Du Verbrecher hast meine beiden Söhne getötet, dafür musst du jetzt sterben!»

Er hob eine riesige mit Eisen beschlagene Keule hoch, doch Hans hatte schnelle Beine, und die Keule fuhr tief in die Erde hinein. Der Riese bückte sich, um sie herauszuziehen, und schnell hieb ihm der Schäfer den Kopf vom Rumpf.

Im Halsstumpf fand er einen diamantenen Schlüssel. Damit schloss er ein funkelndes Tor auf und trat in das diamantene Schloss ein.

Sofort erschien das graue Männlein und fragte höflich: «Was möchtest du heute gern, königlicher Schäfer?»

«Dass jemand für mich die Herde weidet, und ich das letzte Mal um die Wette um die Prinzessin reiten kann.»

Gleich brachte ihm das graue Männlein diamantene Kleider und einen Hengst, der schneller war als jeder Vogel. Der Schäfer Hans schwang sich auf den Hengst und ritt wie der Sturmwind zum Königshof. Er stellte sich zum Start auf, und schon gab der König das Zeichen. Die Prinzessin jagte als erste los und war schnell weit voran. Der diamantene Reiter kam näher und näher und in dem Augenblick, in dem er sie erreichte, zog er ihr den diamantenen Ring vom Finger und küsste sie auf den Mund.

Mit dem Ring und dem Kuss wollte er wieder entfliehen, doch der König hatte dieses Mal die Stadt ringsum mit Soldaten umgeben lassen. Der Schäfer war waghalsig und tapfer, er gab seinem Hengst die Sporen und sprang über die Soldaten hinweg. Der letzte Soldat freilich schlug mit dem Schwert nach ihm und traf ihn tief ins Fleisch über dem Knie. Weil aber der Reiter weiterritt und der Soldat das Schwert nicht losließ, brach es auseinander: ein Teil steckte im Schenkel des Schäfers, den anderen Teil hielt der Soldat in der Hand.

Verwundet erreichte der Schäfer Hans das diamantene Schloss am Berg, übergab sein Gewand und den Hengst dem grauen Männlein und bat: «Halte meine drei Schlösser in Ordnung und sauber, bis ich zurückkehre.»

Er versammelte seine Herde und zog mit ihr nach Hause. So sehr er es auch versucht hatte, hatte er doch das Schwertteil nicht herausziehen können. Er hinkte und lahmte und hatte vor Schmerzen weder Sinn noch Kraft, den Dudelsack zu spielen.

Die Prinzessin stand wartend am Fenster, um noch einmal den Schäfer zu sehen und ihn spielen zu hören, bevor sie ins Kloster geschickt würde. Aber gerade heute geschah es nicht, wie sie es wünschte.

Sie sagte traurig zu ihrem Vater: «Heute spielt der Schäfer überhaupt nicht, mir scheint, er ist verwundet.»

«Erzähle mir nicht immer von dem Schäfer», antwortete der Vater ärgerlich. «Sieh lieber zu, dass du erfährst, wer der Edelmann war, der heute den Preis errungen hat.»

Wie jeden Morgen stand die Prinzessin auch am nächsten Tag zur rechten Stunde am Fenster, sah aber keine Herde und hörte nicht den Dudelsack. Sie wartete bedrückt lange Zeit, doch der Schäfer kam nicht. Sie ging in seine Kammer, der Schäfer lag krank im Bett.

Die Prinzessin fragte: «Was tut dir weh?»

«Wahrscheinlich habe ich mir den Magen verdorben», log er.

Die Prinzessin sagte: «Ich schicke dir meinen Arzt.»

«Ich will keinen Arzt», sagte Hans. «Ich weiß selbst, wie ich mir helfen kann.»

Die Prinzessin redete noch eine Weile auf ihn ein und ging besorgt weg. Sie fürchtete, dass der Schäfer ohne den Arzt vielleicht sterben würde, und schickte darum doch nach diesem. Der Arzt untersuchte Hans und stellte fest, dass er keinen verdorbenen Magen hatte, sondern ein Schwertteil im Schenkel. Er schnitt das Stück Stahl heraus, fahndete nach dem Soldaten, der gestern den diamantenen Reiter verwundet hatte, erhielt von diesem das abgebrochene Schwert, hielt das herausoperierte Stück daran, und es erwies sich, dass Teil und Teil zusammen gehörten. Er ging zur Prinzessin und berichtete ihr. Die Prinzessin hörte ihm zu und dabei kam ihr der Gedanke, dass der Schäfer Hans wahrscheinlich ein fremder Prinz sei, der sich nur deswegen als Schäfer verdingt habe, um seinen Feinden zu entkommen.

Sofort lief sie wieder zu ihm und bedrängte ihn so lange, bis er ihr schließlich sein ganzes Leben erzählte. Zum Beweis, dass er der Gewinner des ersten und auch des zweiten Rennens war, zeigte er ihr das seidene Halstuch und die goldene Kette.

Glücklich eilte sie zu ihrem Vater und erzählte ihm die wundersame Geschichte. Der König aber wollte erst auf gar keinen Fall, dass sie den Schäfer zum Mann nähme. Doch als er bedachte, dass dieser mit seinen drei Schlössern reicher war als irgendein König, willigte er doch ein.

Es dauerte nicht lange und der Schäfer Hans wurde gesund. Schon drei Wochen später feierten sie Hochzeit mit vielen, vielen Gästen.

Als der alte König starb, wurde Hans König. Er erließ kluge Gesetze und sorgte dafür, dass Frieden herrschte mit den Nachbarländern rundherum und keine jungen Männer in den Krieg ziehen mussten. Darum nannten ihn die Leute in seinem Land nach und nach König Hans den Klugen.

Als der junge König erfuhr, dass das wirklich der Beiname war, den ihm sein Volk gegeben hatte, lachte er und sagte zu seiner Frau: «Hier heiße ich Hans der Kluge und zu Hause war ich der Dummerjan.»

Die junge Königin wollte das nicht glauben.

«Also», sagte er, «wir fahren morgen in mein Heimatdorf und du wirst es sehen. Ich weiß auch schon, wie ich es anstelle.»

Am nächsten Morgen rollte der vornehme Reisewagen vor. Er war mit braunem Samt ausgeschlagen und hatte hinten eine Lade für das Reisegepäck. Da hinein ließ König Hans der Kluge seine Kleider, die er getragen hatte, als er von zu Hause weggegangen war, packen und dazu auch den Dudelsack, den er an der Landstraße einem anderen Schäfer abgetauscht hatte.

Am Rande der Heide, das Dorf vor ihnen, zog sich König Hans der Kluge als Dummerjan von früher an und nahm den Dudelsack heraus. Er ließ den Wagen vorausfahren und schlenderte selbst Dudelsack spielend hinterher. – Auf dem Anger vor dem Dorf spielten Kinder, sie sahen den Dudelsackspieler, erkannten ihn und riefen ein ums andere Mal: «Der Dummerjan vom Gastwirt kommt nach Hause!»

Die Königin hörte sie rufen und schreien und die beiden daheim gebliebenen Brüder ihres Mannes hörten es auch. Sie traten aus dem Haus, erblickten den Reisewagen und begrüßten die vornehmen Gäste mit aller Ehrfurcht. Sie sahen auch, wie ihr Bruder Hans, immer noch den Dudelsack spielend, heranschlenderte, und es war ihnen gar nicht recht, dass er gar in die Nähe der vornehmen Gäste geriete. Sie nahmen ihn an den Armen, sperrten ihn in eine Nebenkammer und fanden es nicht sonderbar, dass er sich fast belustigt einsperren ließ.

Die Wirtin, die längst Witwe war, führte derweil die Königin in das schönste Gästezimmer, deckte den Tisch mit feinstem Leinen und richtete ein gutes Essen an. Sie selbst und die beiden Söhne trugen auf.

Die Königin fragte die Wirtin: «Hast du nur diese zwei Kinder?»

Die Wirtsfrau zögerte und sagte: «Eigentlich nicht. Ich habe zwar noch einen Jungen, aber das ist unser Dummerjan.»

«Wo ist er denn?», fragte die Königin. «Er kann doch auftragen helfen.»

Die Wirtin wollte das nicht gern, aber weil die Königin darauf beharrte, gab sie Hans eine große Schüssel mit Speisen, die er zum Tisch bringen sollte. Hans nahm die Schüssel in die Hände und tat recht ungeschickt. An der Türschwelle stolperte er und fiel samt der Schüssel mitten ins Zimmer. Die beiden Brüder ergriffen ihn und führten ihn hinab. Weil aber Hans sich jetzt wehrte und laut zeterte, zerrten sie ihn in den Schweinestall.

Auf einen Wink der Königin beobachteten ihre Diener, wohin sie ihren Mann brachten.

Es war schon gegen Abend, als sie den Dienern befahl, ihren Mann aus dem Stall zu befreien. König Hans der Kluge ging gleich zum Reisewagen, zog seine königlichen Kleider an und befahl, seine alten Kleider mit Stroh auszufüllen. Die Diener taten wie befohlen, hängten den Strohmann im dunklen Stall auf und verriegelten diesen. Er selbst gelangte unbemerkt ins Haus.

Am Morgen wollten die beiden Brüder ihrem Dummerjan etwas zu essen bringen und erstarrten vor Entsetzen, als er da hing.

Die Wirtin bereitete für ihren Gast in der Küche das Frühstück, trat in das Zimmer und sah neben der Königin einen hochgewachsenen Edelmann. Je länger sie ihn betrachtete, um so mehr schien ihr, dass dieser vornehme Mensch irgendwie einem Bekannten ähnelt.

Die beiden Brüder stürzten herein, noch ganz blass und verstört. Sie stutzten, schwiegen und starrten den Edelmann an, der sie trotz seiner Kleidung an ihren Bruder denken ließ.

Die Königin tat erstaunt und fragte: «Was starrt ihr denn dauernd meinen Mann an?»

Die Wirtin meinte: «Ihr dürft uns das nicht verargen, aber dieser Edelmann scheint mir fast auszusehen wie mein Dummerjan.»

«Wo hast du ihn denn», fragte die Königin.

Die beiden Brüder murmelten, dass man sie kaum verstehen konnte: «Er hat sich im Schweinestall aufgehängt.»

Die Wirtin schrie auf.

Der fremde Edelmann lächelte: «Schau mich doch einmal genau an, ob ich nicht dein Hans bin.»

Die Wirtin fasste sich, betrachtete ihn und betrachtete ihn und sagte wie erlöst schließlich: «Ja, wirklich, ich sehe, du bist es!»

Nun wollten sie, dass Hans erzähle, wie es gegangen sei, dass er König geworden ist. Die beiden Brüder traten mit gesenkten Köpfen zu ihm und baten, ihnen alle alte und jüngste Schuld zu vergeben.

König Hans der Kluge sagte nur: «Vergeben und vergessen! Kommt mit mir! Ich schenke jedem ein schönes Schloss.»

Der ältere Bruder aber mochte nicht von zu Hause weg, sondern wollte das Wirtshaus führen. Die Mutter aber und der jüngere Bruder fuhren in der königlichen Kutsche mit in die Stadt. Die Mutter erhielt das goldene

Schloss, der jüngere Bruder das silberne und König Hans der Kluge wohnte mit seiner Frau im diamantenen.

Und wenn sie nicht gestorben sind, so leben sie noch heute, ein jeder in seinem Schloss, im silbernen, goldenen und diamantenen.

## Drei Lügenbrüder

Es waren einmal drei Brüder: Der älteste war blind, der zweite war lahm und der jüngste war nackt.

Eines Tages wollten sie zusammen auf Jagd gehen. Sie gingen und der Blinde sah einen Hasen, der Lahme fing ihn, der Nackte steckte ihn sich in die Hosentasche und trug ihn nach Hause. Weil sie sich nicht einigen konnten, wem er zu Recht gehörte, trugen sie dem Vogt des Grafen ihre Sache vor.

Der Vogt überlegte nicht lange und sagte: «Ich kann euch keinen besseren Rat geben, als dass ihr wieder heim geht, und wer sich dann die dickste Lüge ausdenkt, soll zu mir kommen und sie mir vortragen. Der beste Lügner bekommt den Hasen.»

Am nächsten Morgen kam als erster der älteste Bruder zum Vogt und erzählte: «Herr Vogt, wir haben einen Ochsen, den wir immer im Stall halten müssen, weil er auf der Weide mit den Hörnern die Wolken aufschlitzen würde.»

Danach kam der zweite Bruder und erzählte: «Herr Vogt, wir haben vor unserem Haus einen so großen Misthaufen, dass unsere Hühner die Sterne vom Himmel picken, wenn sie auf dem Misthaufen stehen.»

Danach kam der dritte Bruder und erzählte: «Herr Vogt, wir haben vor unserem Hoftor einen Teich, in dem unser Pferd gern schwimmt. Wir binden ihm jedes Mal ein Säckchen mit Molke an den Schwanz und er schlägt damit soviel Frischquark im Teich zusammen, dass Ihre Frau zwei Mal in der Woche mit einem Eimer nach Frischquark kommt.»

«Das ist eine ganz verdammte Lüge!», schrie der Vogt. «Aber der Hase, du Lügenbeutel, soll dir gehören.»

# Die Jungfrau, die nicht ins Bett wollte

In einem Park am Rande des Dorfes stand ein schönes Schloss. Darin wohnte ein Graf, der graubärtig und glatzköpfig war und schlimm vom Reißen geplagt. Er wollte sehr gern und sehr bald seine einzige Tochter seinem Stande gemäß verheiraten.

Doch die Tochter, die hübsch war und sogar schön, weigerte sich und sagte: «Ich will nicht heiraten, Vater!»

Der Graf brachte ihr immer wieder einmal einen Junker an und hoffte, er würde der Tochter gefallen. Doch sie sagte jedes Mal: «Mir graut davor, mit einem fremden Mann im Bett zu liegen.»

Schließlich, als ihn das Reißen wieder sehr plagte, riss dem alten Grafen die Geduld. «Also, Tochter, der erste, der mir gefällt, den musst du zum Mann nehmen! Und wenn es ein Bettler wäre!»

Die junge Grafentochter begann, dagegen zu reden, schmeichelnd und auch ärgerlich, um den Vater auf andere Gedanken zu bringen, doch er blieb bei seiner Entscheidung und sie stritten lange und laut darüber. Am Ende sagte sie: «Ich lasse keinen Fremden zu mir ins Bett!»

Das Fenster im Zimmer stand offen, und unter dem Fenster blieb der Schäfer des Grafen stehen und hörte alles. Er überlegte einen Tag und noch einen Tag, dann sagte er sich: ‹Da könnte ich doch auch hingehen und um sie werben.›

Am nächsten Tag zog er sich sonntäglich an und ging ins Schloss.

Der Graf hörte ihn an, grinste und sagte: «Ja, aber du musst mir morgen früh meine hundert Kaninchen auf die Weide treiben. Wenn du am Abend alle hundert wieder in den Stall bringst, bekommst du meine Tochter.»

Noch vor Sonnenaufgang ließ der Graf sämtliche Kaninchenställchen öffnen, die Kaninchen hoppelten fröhlich in alle Richtungen davon, eines hierher, eines dahin, eines dorthin. Der Schäfer sah sie davonlaufen und rannte hinterher. Schließlich stieg er auf einen hohen Berg, um sich umzusehen. Er entdeckte kein einziges Tier und war sehr traurig.

Da trat eine alte Frau zu ihm und fragte: «Warum bist du so traurig?»

Der Schäfer klagte, dass ihm der Graf seine Tochter zur Frau versprochen habe, wenn er die hundert Kaninchen den Tag über weide und am Abend alle wieder in die Ställchen bringe. «Nun», sagte er, «sind mir aber alle in alle Richtungen davongelaufen und ich weiß mir keinen Rat.»

Mitleidig gab ihm die Alte eine Weidenflöte und sagte: «Sobald du auf ihr flötest, werden alle Kaninchen bei dir zusammenlaufen. Was auch immer du willst, es wird dir gewährt.»

Der Graf und seine Tochter hatten vom Turm aus lachend zugesehen, wie der Schäfer herumirrte und die Kaninchen sich in alle Winde verliefen. Sie sahen aber nun auch zu, wie der Schäfer auf der Weidenflöte flötete und alle Kaninchen zu ihm gelaufen kamen. Das Lachen verging Graf und Grafentochter, sie erschraken und berieten, was nun.

Schließlich verkleidete sich die Tochter als arme, gebrechliche Köchin und ging zum Schäfer. Sie grüßte ihn freundlich und bat, er möge ihr doch ein Kaninchen verkaufen. Dafür dürfe er verlangen, was er nur wolle.

Der Schäfer erkannte sie und sagte: «Ich verkaufe keines.»

Nun bat und bettelte die Grafentochter mit vielen guten und schönen und auch geschluchzten Worten, ihr doch ein einziges Tier zu verkaufen.

«Nun, meinetwegen», sagte schließlich der Schäfer, «Aber nur, wenn du mir einen Kuss gibst.»

Sie wollte das ganz und gar nicht, weil sie ja alt sei und ehrsam, küsste ihn aber am Ende doch und bekam dafür ein Kaninchen. Sie setzte es schnell in ihren Korb und eilte fröhlich zurück. Vor dem Parktor stolperte sie, fiel hin, das Kaninchen sprang aus dem Korb und hoppelte in sein Ställchen.

Der Graf und die Grafentochter mussten wieder beraten und beschlossen am Ende, dass der Vater sich verkleiden und als dreckiger Ackerkutscher mit einem Ochsen vor dem Wagen zur Schäferei fahren soll.

Der verkleidete Graf traf den Schäfer und verlangte mit groben Knechtworten ein Kaninchen.

Der Schäfer erkannte ihn, grollte «nein!» und wandte sich ab. Nach langem Hin und Her jedoch sagte er: «Meinetwegen. Aber erst musst du deinem Ochsen den Schwanz heben und ihn auf das Mistloch küssen.»

Voller Widerwillen und mit Brechreiz tat der Graf am Ende das Verlangte, bekam ein Kaninchen, ließ Ochsen und Wagen stehen und lief eilends mit dem Tierchen zum Schloss.

Als er am Parktor war, flötete der Schäfer auf seiner Weidenflöte, das Kaninchen entsprang dem Grafen und rannte in Haseneile zum Schäfer zurück.

Bedrückt und ratlos schauten der Graf und seine schöne Tochter am Abend zu, wie der Schäfer die Kaninchen in den Hof trieb. Sie zählte sie und – es waren alle hundert zusammen.

Am nächsten Tag ließ der Graf fünfzig Brote backen und sagte zum Schäfer: «Ich werde dich in eine Kammer voll mit diesen Broten einschließen. Wenn du alle in einer Nacht aufisst, bekommst du wirklich meine Tochter.»

Er schloss den Schäfer sogleich in eine große Kammer mit Gestellen ein, auf denen fünfzig Brotlaibe lagen.

Am Abend flötete der Schäfer leise auf der Weidenflöte, und die Kammer füllte sich mit vielen, vielen Mäusen, die einen Laib nach dem anderen vertilgten und nicht einmal einen Kanten übrig ließen.

Bevor der Graf morgens die Kammer öffnete, schlug der Schäfer schon an die Tür und rief: «Bringt mehr, bringt mehr Brot! Ich bin so hungrig, dass ich auf der Stelle umfallen könnte!»

Der Graf, nun ganz und gar ratlos, lobte dem Schäfer mit saurer Miene seine Tochter an und richtete ein Verlobungsfest aus, zu dem er viele vornehme und reiche Leute einlud.

Während des Festmahls und noch bevor der Graf die Verlobung bekannt gab, musste der Schäfer vor den geladenen Gästen eine letzte Prüfung ablegen.

Nach dem Braten mit rotem Wein und vor der Torte mit duftendem Kaffee überreichte ihm der Graf einen leeren Zweizentnersack und sagte laut, dass alle Gäste es hören konnten: «Hier hast du einen Sack. Wenn du ihn randvoll lügen kannst, verlobe ich dir hier vor allen Gästen meine Tochter.»

Der Schäfer begann, in den Sack hineinzulügen.

Nach jeder dritten Lüge aber rief der Graf aus: «Ach, das ist nichts. Diese Lüge ist so arm und so leicht, dass sie durch das kleinste Loch im Sack hinausrieselt.»

So trieb es der Graf mit dem Schäfer eine ganz Weile, bis dieser sich keine Lüge mehr ausdenken konnte, und in seiner Not eine Wahrheit ausrief: «Gestern Vormittag kam ein sehr schönes Mädchen zu mir, eure Tochter, Graf, meine zukünftige Frau, und bat mich untertänigst um ein Kaninchen. Dabei küsste sie mich wieder und wieder so heiß und griff sogar an ... nein, das sage ich nicht – dass ich vor Verlegenheit nicht mehr wusste, wer ich bin. Da steckte ich doch schnell ein Tier in ihren Korb. Sie gelangte mit ihm bis an das Parktor, fiel auf die Nase, das Kaninchen floh.»

«Das ist eine schlimme Lüge!», kreischte die Grafentochter.

Der Schäfer schrie «ja!» in den Saal und ließ sich nicht einschüchtern.

«Und dann», erzählte er ruhig, «kam der Graf selbst mit einem Mistwagen und wollte auch ein Kaninchen haben. Er benahm sich dabei so krummrückig wie ein Knecht, dass er schließlich auf meine Anordnung den Ochsen mehrmals am Hinterloch küsste. Erst dafür erhielt er von mir ein Kaninchen, das auch ihm am Parktor entfloh.»

«Das ist eine ganz verdammte Lüge. Binde deinen Sack zu, binde deinen Sack zu!», schrie der Graf rot vor Wut. «Du lügst mehr zusammen, als in den Sack hineingeht. Du kriegst die Tochter.»

Die Tochter verzog das Gesicht wie Sauerteig oder als dächte sie an den Ochsenkuss ihres Vaters, aber das half nun nichts mehr. Sie musste auf der Stelle mit dem Schäfer zur Trauung gehen.

Doch nach der ersten, zweiten oder vielleicht dritten Nacht stand die junge Frau vor dem Spiegel mit rotem Mund und hellen Augen und murmelte vor sich hin: «Ich war sehr dumm, dass ich nicht heiraten wollte. Mein Mann ist mein Mann und kein fremder Fremder.»

Ihr Mann lachte dazu, sie gingen zum Frühstück und aßen reichlich und gut, weil sie wie ausgehungert waren.

Nach sieben Jahren hatten sie fünf Kinder.

Ein Mann begegnete auf einer breiten Straße einem Bauern, der ein wadenlanges Hemd anhatte und sohlenlose Stiefel an den Füßen. Der Mann fragte ihn: **«Wohin des Weges?»** «Ich habe Haus und Hof verloren, und jetzt wollen sie mir noch das letzte Hemd über den Kopf ziehen», antwortete der Bauer. **«Ich gehe zum Recht.»** «Auf dieser Straße kommst **du** nicht dahin», sagte der Mann und schritt voran über eine Wildwiese an den Waldrand. Der Wald war mannshoch eingezäunt. Sie gingen am Zaun entlang und fanden ein Loch. Auf verschlungenen Pfaden gelangten sie an einen zweiten Zaun, der doppelt so hoch war.

Der Bauer wollte aufgeben. Der Mann sagte: «Erzähle einen Witz und von einer List!» Der Bauer erzählte, und Witz und List rissen ein Loch in den Zaun. Sie krochen hindurch und kamen zum Haus des Rechts. Das Recht lag tausendseitig auf einem Tisch. Sie durchblätterten es und fanden eine Seite, die aus lauter Löchern bestand. Der Mann riss die Seite heraus und gab sie dem Bauern.

Nach einem Jahr und einem Tag begegneten sie einander wieder. Der Bauer hatte gute Stiefel an den Füßen, Jacke und Hose an und sagte wie zum Gruß:

**«Jeder Zaun hat ein Loch.»**

## Handrias und Reissenberg

Handrias hatte der Söhne vier
und jeder hatte ein Handwerk erlernt.

Backöfen stellte der älteste auf,
und Öfen fürs Haus erbaute der zweite.

Klug war der dritte,
riet guten Rat dem alten Vater Handrias.

Stark war der vierte,
führte den Krieg gegen den Herrn von Reissenberg.

Reissenberg war ein grausamer Herr,
ließ schinden und henken ohne Gericht.

War hart und grausam zu Kind und Greis,
ließ schuften die Hörigen sich lahm und krumm.

Hieß sie graben und leiten den Fluss
quer über des Handrias Feld.

Ließ sie in Fron graben den Graben bei Tag,
und nachts
warf mit den Söhnen ihn Handrias zu.

# Der arme Mann am Himmelstor

Einst hatten ein Mann und eine Frau das Haus voll Kinder und nichts zu essen für sie. Darum lief der Mann eines Tages in den Wald und sammelte ein Maß Eicheln auf. Er kam nach Hause, gab jedem Kind eine Eichel und eine blieb übrig. Die warf er hinter den Ofen und daraus wuchs eine riesige Eiche bis in den Himmel.

Der Mann sah das und sagte: «Ich könnte ja an ihr hinaufklettern.»

Die Frau meinte: «Meinetwegen klettere!»

Er kletterte hoch, kam an die Himmelstür und klopfte mit einem Finger. Der liebe Gott sagte zu Sankt Peter: «Geh und schau nach, wer da so scheu an die Tür klopft.»

Sankt Peter ging und fragte freundlich: «Wer ist hier?»

Der arme Mann antwortete: «Ich, der arme Mann, der viele Kinder hat.»

Sankt Peter sagte zum lieben Gott: «Der arme Mann, der viele Kinder hat.»

Der liebe Gott sagte: «In der Kammer liegen zwei Laib Brot. Gib sie ihm.»

Sankt Peter tat das, der arme Mann kletterte schnell hinunter und rief von weitem: «Frau, mach auf. Ich bin reich beschenkt worden. Ich bringe zwei Laib Brot.»

Doch die zwei Laib Brot waren bald aufgegessen, und der Mann sagte: «Frau, ich würde wieder hochklettern.»

Die Frau sagte: «Meinetwegen klettere.»

Er kletterte und klopfte mit zwei Fingern an die Tür.

Der liebe Gott sagte zu Sankt Peter: «Geh, schau nach, wer da an die Tür hämmert.»

Sankt Peter ging und fragte streng: «Wer ist hier?»

Der arme Mann antwortete: «Ich, der arme Mann, der viele Kinder hat.»

Sankt Peter sagte zum lieben Gott: «Der arme Mann, der viele Kinder hat.»

Der liebe Gott sagte: «In der Kammer steht ein Korb mit Semmeln. Gib ihm den Korb.»

Sankt Peter tat das, der Mann kletterte fröhlich hinunter und rief von weitem: «Frau, mach auf, ich bin reich beschenkt worden. Ich habe einen ganzen Korb voll Semmeln.»

Doch sie aßen die Semmeln bald auf, und der Mann sagte: «Frau, ich würde wieder hinaufklettern.»

Die Frau meinte: «Meinetwegen klettere.»

Er kletterte hoch und pochte heftig mit der Faust an die Tür.

Der liebe Gott sagte zu Sankt Peter: «Geh, schau nach, wer dort an die Tür donnert.»

Sankt Peter ging und fragte barsch: «Wer ist da?»

Der arme Mann antwortete: «Ich, der arme Mann, der viele Kinder hat.»

Sankt Peter sagte zum lieben Gott: «Der arme Mann, der viele Kinder hat.»

Der liebe Gott sagte: «An der Tür steht ein Prügelstock, nimm ihn und prügle den Kerl durch, dass er nur so springt von Ast zu ...»

Sankt Peter zögerte, er glaubte nicht, dass der liebe Gott es ernst meinte.

Der liebe Gott sagte: «Also – lass mal den Stock stehen, gib ihm einen Sack Hirse aus der Kammer.»

Sankt Peter nahm trotzdem den Stock, unterstrich damit jedes einzelne Wort, das er nun sprach: «Weil du uns auf die Nerven gehst!», holte den Sack Hirse und sagte: «Wir schicken dir Regen und Sonne. Du säe und ernte und lass deine vielen Kinder aufpassen, dass die Vögel nicht eher ernten als du!»

Der Mann ließ sich eilends von Ast zu Ast hinunter, warf den Sack hinter einen Busch und schrie schon von weitem: «Frau, mach auf, mach auf! Ich bin schlimm beschenkt worden. Ich trage den ganzen Buckel voll Prügelschläge mit!»

Die Frau sagte: «Du kannst bis in den Himmel klettern und der Hunger nistet trotzdem im Haus.» – Später, als sie säten und ernteten und die Sonne schien und der Regen fiel, blickte sie manchmal nach oben in den blauen Himmel und sagte: «Danke, lieber Gott, für die Hirse und für Sonne und Regen. Und das mit dem Stock», fügte sie an, «mein Mann braucht das manchmal.»

Und dann kochte sie einen großen Topf Hirsebrei.

# *Bauernnot*

Fort, fort, fort, ach fort,
aus meinem Dorfe muss ich fort!
Denn alles frisst der Edelmann
und nichts verbleibt dem Bauersmann.
Fort, fort, fort, ach fort,
aus meinem Dorfe muss ich fort!

# Der Zaunkönig
## und der Stier

Ein Hütemädchen trieb seine kleine Herde – elf Kühe und ein Stier – auf die Weide. Am Rande der mageren Wiese wuchs niedriges Gebüsch, darin hatte ein Zaunkönig genistet. Die junge Brut hockte im Nest und zwitscherte, wenn die Eltern Futter brachten. Das bemerkte der Stier und ging mit den Hörnern auf das Gebüsch los und schüttelte und rüttelte. Die Jungen im Nest zitterten vor Angst, und als der Zaunkönig mit Futter kam, erzählten sie ihm von dem bösen Stier.

Der Alte sagte: «Habt keine Angst und wartet ab. Ich werde dem Stier eine Lehre erteilen, die er nie vergessen wird. Er wird euch nicht länger schrecken.»

Die Jungen glaubten ihm und zitterten nicht mehr.

Am nächsten Morgen blieb der Zaunkönig nahe am Nest im Gebüsch sitzen. Der Stier trabte wieder an. Der Zaunkönig flog los, setzte sich ihm ins Ohr und zwickte und zwackte und pfiff so laut er konnte.

Der Stier wusste nicht, wie ihm geschah. Er wurde ganz rammdösig, brüllte und brüllte und rannte wie irre auf der Weide herum.

Die Kühe liefen verschreckt zusammen und wunderten sich sehr, wie dumm sich ihr Stier benahm.

In die Nähe des Gebüsches mit dem Nest traute der Stier sich nie wieder.

Der Zaunkönig aber sagte zu seinen Jungen: «Ein Schwacher kann einen Starken verjagen, wenn er ihn an der richtigen Stelle zwickt und zwackt und ihm sein Lied laut in die Ohren singt.»

## Der listige Bäcker und der geldgierige Junker

Einmal lebten in einem Dorf ein armer Bäcker und ein reicher Junker. Der Bäcker musste seine letzte Kuh schlachten. Als das Fleisch aufgegessen war, presste er die trockene Kuhhaut in seinen Schnappsack, nahm seinen Wanderstock und machte sich auf über Berge und Täler.

Am dritten oder fünften Tag kam er in eine kleine Stadt und trat in eine Bäckerei ein. Er fand nur die Frau des Bäckers vor und bat um ein Lager für die Nacht.

Sie sagte: «Das erlaubt mein Mann niemals.»

Schließlich erlaubte sie ihm aber doch, dass er vor der Backstube auf dem Boden liegen dürfe.

Die Bäckersfrau aß für ihr Leben gern Gutes, aber weil ihr Mann sehr geizig war, kam das nie auf ihren Tisch. Nun aber, allein im Haus und der Fremde schläft, deckte sie sich ordentlich den Tisch. Dem armen Bäcker fuhr ein feiner Duft in die Nase, er schlich ans Schlüsselloch und sah, wie sie Schweinebraten aß und roten Wein dazu trank.

Plötzlich kam ihr geiziger Mann nach Hause, sie erschrak, räumte schnell Braten und Wein beiseite und versteckte sich unter dem Backtrog.

Der geizige Bäcker stolperte über den Fremden vor der Backstube und fing an zu schimpfen. Der Fremde aber besänftigte ihn bald und trat mit ihm in die Stube.

Der Geizige entdeckte den Schnappsack und fragte: «Was hast du in deinem Schnappsack?»

Der Nachtgast antwortete: «Ein Tierchen, das einem alles wahrsagt, was man wissen will.»

Der Bäcker war neugierig: «Da soll es mir doch etwas wahrsagen.»

Sein Gast ließ sich lange bitten. Schließlich aber legte er sein linkes Ohr an den Schnappsack, hörte ein Weilchen hin und sagte dann: «Auf dem Brotgestell hinter den Broten steht eine Flasche Wein.»

«Um Gottes Willen», sagte der Geizige. «Das ist doch nicht möglich!»

Aber er nahm drei Brote beiseite, und da stand der Wein! Er nahm einen guten Schluck aus der Flasche, schnalzte mit der Zunge und bat: «Lieber Freund, dein wunderbares Tierchen soll mir noch etwas Gutes wahrsagen.»

Der andere ließ sich wieder lange bitten, aber dann legte er sein rechtes Ohr an den Schnappsack und sagte: «In der Ofenröhre steht eine Schüssel mit Schweinebraten.»

Der geizige Bäcker schüttelte den Kopf und sagte: «Zeitlebens habe ich in meinem Haus noch keinen Braten gesehen.»

Er ging zum Ofen, in der Röhre stand der schönste Schweinebraten.

Nun war er aber ganz wild vor Gier und bat, dass ihm das Wundertierchen noch etwas Gutes wahrsagen möge. Der Gast ließ sich lange, lange bitten, bis er die Ohren, das rechte und dann das linke, wieder an den Schnappsack drückte und sagte: «Deine Bäckerin sitzt unter dem Backtrog.»

Der Bäcker hob den Backtrog an, erschrak, als er seine Frau entdeckte, und ließ ihn wieder über sie fallen. Tun konnte er ihr nichts, weil sie stärker war als er, eine Schmiedstochter. Er beruhigte sich und bat eindringlich: «Überlasse mir bitte dein Tierchen.»

Der Gast wiegte den Kopf: «Schau, Bruder. Das Tierchen ist mir lieb und sehr wertvoll. Trotzdem will ich es dir ablassen, wenn du mir dafür meinen Schnappsack voll mit silbernen Talern schüttest. Du kannst von meinem Tierchen viel erfahren, aber erst muss ich es selbst in deinen Keller einschließen und du darfst es bis morgen gegen Abend nach nichts fragen. Je hungriger es ist, um so schönere Dinge wird es dir wahrsagen.»

Es geschah, wie er wollte. Er schloss sein Tierchen in den Keller ein, und der Geizige schüttete ihm den Schnappsack voll mit Talern. Beide waren zufrieden und sagten sich fröhlich Lebewohl.

Am nächsten Tag gegen Abend öffnete der geizige Bäcker den Keller und fand die vertrocknete Kuhhaut vor. Er wurde so wütend, dass er sich am liebsten aufhängen wollte.

Der listige arme Bäcker aber wanderte über Täler und Berge zurück nach Hause. Nach und nach kaufte er sich Schweine und Kühe, Hühner und Gänse, fuhr zwei Mal in der Woche in die Mühle nach Mehl und buk Brot für das Dorf und Semmeln für das Gutshaus.

Der Junker, dem das Gut gehörte, war noch geiziger als der geprellte Bäcker. Er wunderte sich sehr über das alles und fragte neugierig seinen Bäcker: «Sag mal, wie bist du denn so schnell reich geworden?»

Der Bäcker tat geheimnisvoll: «Ich habe in der Stadt meine letzte Kuhhaut verkauft und einen Schnappsack voll funkelnder Taler erhalten.»

Der Junker freute sich sehr über die genaue Auskunft, eilte nach Hause, ließ den Schlächter kommen, schlachtete alle Kühe und fuhr mit ihren getrockneten Häuten in die Stadt.

Die städtischen Ledermacher verlachten und verspotteten ihn und jagten ihn aus der Stadt. Wütend fuhr er nach Hause, trat in die Bäckerei und verkündete dem

Meister auf der Stelle einen Platz am Galgen, weil er ihn betrogen habe.

Der Bäcker bat um Barmherzigkeit: «Gib mir bitte nur noch einen Tag meines kurzen Lebens. Dann wirst du reicher sein als irgendein Mensch auf der Welt. Zieh deine Sachen aus und wälze dich im Honig. Dann schließe dich ein in deine Kammer. Ich werde dir Vögel in die Kammer zaubern, die werden dir Gold und Gold und Gold ausbrüten, so schnell, wie du es noch nie gesehen hast. Deiner lieben Frau Gemahlin aber musst du befehlen, dass sie dich auf keinen Fall aus der Kammer hinauslässt, auch dann nicht, wenn du ganz erbärmlich jammerst. Je länger du darin bleibst, desto mehr Gold wirst du haben.»

Der geizige Junker glaubte ihm und schloss sich in eine Kammer ein. Der listige Bäcker ließ einen Schwarm Bienen, einen Schwarm Wespen und einen Schwarm Hornissen durch das Kammerfenster hineinfliegen. Die Tiere errochen den Honig, stürzten sich auf den Junker und trieben ihre Stacheln in sein Fleisch.

Vor grausamen Schmerzen begann er zu schreien: «Liebe Frau, komm und schließe schnell die Kammer auf.»

Die Frau aber gehorchte dem Bäcker und antwortete: «Lieber Mann, warte noch ein Weilchen, und wir werden desto reicher sein.»

Fluchend und sie verdammend brüllte der Junker: «Schließ auf, du dumme Gans, schließ sofort auf!»

Sie aber beruhigte ihn: «Warte noch ein Weilchen!»

Halb verrückt vor Schmerzen schlug der Junker mit dem Kopf gegen die Tür und schrie in Zorn und Wut: «Zum Teufel mit dir, wenn du mich nicht sofort herauslässt!»

Nun öffnete sie die Tür und sah, dass ihr lieber Mann am ganzen Leib zerstochen war und halbtot.

Als der Junker sich etwas erholt hatte, rannte er mit seinen Knechten zum Bäcker, ließ ihn ergreifen, in einen großen Mehlsack stecken und durch die Knechte zum Fluss schleppen, um ihn im tiefen Wasser zu ertränken. Am Flussufer bettelte der Bäcker den Junker, ihm eine letzte Bitte zu erfüllen. Er bat: «Bevor ich ertränkt werde, will ich Buße tun. Lass mich bitte eine Stunde in dem Sack, damit ich meine Verbrechen bereue und mir die Hölle erspare.»

Die Knechte warfen den Sack auf die Wiese und gingen für eine Stunde weg. Auch der Junker ging in sein Schloss, um zu baden und neue Kleider anzuziehen, weil er sich im Gezerre mit dem Bäcker beschmutzt hatte und schlimm ins Schwitzen geraten war.

Der Bäcker im Sack kullerte über die Wiese und jammerte. Da hörte ihn der Schäfer des Junkers, der wieder einmal die Herrenschafe auf den Bauernfeldern weidete. Der Schäfer kam herangelaufen und fragte: «Was ist mit dir, du armer Mensch?»

Der Bäcker im Sack seufzte: «Ach, ich bin in großer Trauer und in schrecklichem Unglück. Ich muss die einzige Tochter unseres reichen Junkers zur Frau nehmen und das will ich nie und niemals. Deshalb hat mich der Junker in den Sack gesteckt und will mich im Fluss ersäufen.»

«Du bist ein Dummkopf», sagte der Schäfer. «Wenn du willst, können wir schnell tauschen. Ich heirate die Junkerstochter gern. Sie ist ein wenig schief gewachsen, aber reich geboren.»

Der Schäfer band den Sack auf, ließ den Bäcker heraus und kroch selbst hinein. Der Bäcker band den Sack zu, nahm Schäferstab und Schäferhut und lief eilig zu der Schafsherde.

Als der Herr mit seinen Knechten zurückkam, schrie der Schäfer im Sack lauthals: «Ich will sie nehmen. Ich will sie nehmen, deine einzige Tochter. In drei Wochen soll die Hochzeit sein mit ihr. Herr, ich nehme sie, deine Tochter. Ich nehme sie zur Frau, deine Tochter.»

Der Junker schüttelte sich vor Lachen und sagte zu seinen Knechten: «Dieser Himmelhund treibt sogar noch seinen Spaß mit uns. Werft ihn schnell ins Wasser, damit er zu Verstand kommt.»

Auf der Stelle warfen die Knechte den Sack mit dem Mann ins Wasser.


Gegen Abend trieb der listige Bäcker die Schafherde durchs Dorf. Die Leute staunten und wunderten sich und riefen ihm zu: «Bäcker, Bäcker, wie nur kommt es, dass du nicht ertrunken bist und eine Herde Schafe besitzt?»

Er erklärte: «Als ich tief da unten war, konnte ich haben, was ich nur wollte. Für heute habe ich bloß die Schafe genommen. Es war so viel Getier auf dem Grund des Flusses – Kühe und Schweine und Ziegen und edle Pferde – ich könnte euch den ganzen Abend erzählen, und würde doch nicht alles aufzählen können.»

Die Leute rannten sofort zum Fluss und starrten in das dunkle Wasser, einige besonders Habgierige sprangen auch ohne zu zögern hinein.

Im vollen Galopp kam der Junker angepreschst, seine Knechte trieben die Leute weg, der Junker sprang in den Fluss und ward nicht mehr gesehen.

Vielleicht zählt er die Tiere da unten, vielleicht treibt er sie flussabwärts, flussaufwärts an ein anderes Ufer – niemand weiß nichts.

# Topf voll Geld

Einmal lebte ein Fronbauer, dessen Frau eine rechte Plaudertasche war. Sie waren arm, besaßen nur ihre Hütte und ein Stück sandigen Ackers dahinter. Sie pflanzten Kartoffeln an, und einmal gerieten die Kartoffeln so gut, dass sie im Keller keinen Platz mehr hatten.

Darum sagte der Mann zu seiner Frau: «Wir müssen noch etwas Sand aus dem Keller hinausschaufeln und tiefer graben, damit wir die Kartoffeln lagern können.»

Sie gruben und schaufelten und gerieten plötzlich an einen großen irdenen Topf voll Geld. Vor Überraschung und Freude konnten sie sich kaum fassen.

Doch der Mann bekam gleich Angst, dass sie das Geld verlieren, wenn andere von ihrem Glück erfahren würden. Darum verbot er der Frau streng, jemandem auch nur das kleinste Wort zu sagen.

Doch die Frau ging am nächsten Morgen zum Frondienst, konnte sich nicht helfen und erzählte ganz vertraulich einer anderen von dem Topf mit Geld. Die andere erzählte es aber wieder einer anderen und bald wusste es jeder. Auch der Junker hörte davon und fragte alle, um genau zu erfahren, was es mit dem Topf Geld wirklich auf sich hatte. Er wollte den Topf auf jeden Fall für sich.

Der Mann aber war klug, kannte seine Frau und ahnte, was auf ihn zukomme, und er dachte sich eine List aus, um das Geld zu behalten. Er sagte am Abend zu seiner Frau: «Höre, Frau. Heute gegen Mitternacht werden Türken mit Hunden durch das Dorf ziehen. Wenn die irgendeine Frau erblicken, beißen ihre Hunde die Frau tot. Darum musst du in den Keller, und ich werde dich einschließen.»

Kurz vor Mitternacht schlüpfte die Frau in den Keller und der Mann schloss hinter ihr ab. Dann rollte er ein leeres Fass vor den Keller, legte den Deckel darauf und hängte daneben ein altes Hufeisen an einen Ast. Mit einem hölzernen Schlegel schlug er auf den Fassdeckel und mit einem Hammer gegen das Hufeisen. Das Fass dröhnte und das Hufeisen klingelte wie Zimbellen. Der Mann hatte Spaß daran und machte richtige Marschmusik. Noch bevor der Morgen graute, verstreute er im Garten Brezeln und ließ die Frau wieder heraus.

Am Morgen aber sagte er: «Was ich gesagt habe, Frau, es passiert noch etwas. Es hat die halbe Nacht Brezeln geregnet. Geh und hebe sie auf.»

Die Frau ging und sammelte im Garten und im Hof einen ganzen Pilzkorb voll Brezeln ein.

Gegen Abend sagte der Mann: «Hör zu, Frau, du musst heute noch einmal in den Keller, denn der Junker ist verrückt geworden und man wird ihn mit Hunden aus dem Dorf hinausjagen. Da darf keinesfalls eine Frau zusehen.»

Sie gehorchte und verkroch sich wieder im Keller.

Der Mann reizte ihren Hund, bis er böse zu bellen anfing, und als er bellte, bellten auch die Hunde der Nachbarn und schließlich alle im Dorf.

Die Frau hörte das im Keller und dachte: «Mein Gott, jetzt treiben sie den Junker aus dem Dorf.»

Als der Tag graute, schloss der Mann den Keller auf und sagte fromm zu ihr: «Der liebe Gott wird uns gnädig sein und keine weitere Prüfung mehr schicken.»

Dann gingen beide zum Frondienst.

Der Junker hatte immer noch nichts Genaues vom Geldtopf erfahren und ließ den Mann, der ihn gefunden haben sollte, vor sich kommen und fragte ihn aus: «Du weißt doch, dass alles, was unter der Erde ist, mir gehört.»

«Ja», sagte der Mann.

«Und du hast doch einen Geldtopf gefunden.»

«Ich?» Der Mann war sehr verwundert. «Ich möchte sehr, ich hätte ihn gefunden, Herr. Ich würde ihn gleich zu Euch bringen, wenn ich ihn hätte.»

Der Herr sagte: «Mach nicht solche Flausen!»

Der Mann sagte: «Ich mache keine Flausen, Herr. Ich wäre sehr froh, wenn ich den Topf hätte, vielleicht würdet Ihr mir dann auch einen Groschen davon geben.»

«Du lügst!»

«Nein, Herr. Ich würde mir nicht erlauben zu lügen.»

«Wann hast du den Topf gefunden?»

«Ich habe doch keinen Topf gefunden, Herr.»

«Gestern? Oder vorgestern?»

«Gestern nicht und vorgestern nicht, lieber Herr.»

«Du weißt doch, dass alles, was unter der Erde ist, mir gehört.»

«Ja, Herr, das weiß ich.»

«Also gehört das Geld mir.»

«Ja, Herr, das gehört Euch. Aber ich habe es nicht. Ich habe keines gefunden.»

Der Junker gab es auf und ließ die Frau vor sich führen und fragte sie: «Ist es wahr, dass ihr Geld gefunden habt?»

Sie antwortete: «Gott sei Dank, ja, das ist wahr.»

Der Herr war gierig nach dem Geld und wollte alles genau wissen und fragte weiter: «Wann habt ihr das Geld gefunden?»

Sie überlegte eine Weile und sagte dann: «Das war ein paar Tage, bevor die Türken durch das Dorf gezogen sind.»

Diese Antwort schien dem Junker recht sonderbar, denn er hatte nichts von irgendwelchen Türken gehört. Darum fragte er weiter, ob sie sich nicht an etwas anderes erinnern könnte.

Sie sagte: «Nun, es war ein paar Tage, bevor es Brezeln regnete.»

Der Junker dachte: ‹Vielleicht will sie mich zum Narren halten›, und fragte im scharfen Ton: «Weißt du das nicht besser, auf Tag und Stunde?»

«Nun», sagte sie. «Ich erinnere mich. Gnädiger Herr, es war ein paar Tage, bevor man ...», sie stotterte. «Ja, das war, als Ihr verrückt geworden ward und man Euch mit Hunden aus dem Dorf jagte.»

Darauf schrie der Junker: «Ich bin nicht verrückt, aber du bist verrückt. Und nun mach, dass du mir aus den Augen kommst!»

Die Frau ging und erzählte alles ihrem Mann. Der Mann freute sich sehr, denn durch seine List konnte er nun den Topf mit Geld behalten. Er vergrub ihn wieder an seinem alten Platz und nahm, damit niemand Verdacht schöpfte, nur wenn Not war, ein Stück daraus.

# Gut und schlecht

Ein Witwer, der eine Tochter hatte, heiratete eine Witwe, die auch eine Tochter hatte. Nach einiger Zeit wollte die Frau ihre Stieftochter aus dem Hause haben. Sie sagte zum Mann: «Was sollen zwei hier herumsitzen. Suche einen Hof, wo deine Tochter als Magd arbeiten kann.».

Dem Mann tat seine Tochter Leid, aber er suchte und fand einen Bauernhof, wo sie arbeiten konnte. Es war ein weiter Weg dahin, die Hälfte des Weges ging er mit ihr.

Als das Mädchen allein weiterging, sah sie eine Sau auf dem Weg liegen.

Die Sau sagte zu dem Mädchen: «Kratze mich ein bisschen, mein liebes Mädchen, kratze mich! Wenn du wieder nach Hause gehst, schenke ich dir ein schönes Ferkelchen.»

Und das Mädchen kratzte und scheuerte die Sau.

Nach einer Stunde stand am Weg eine Stute und sagte: «Kratze mich, mein Mädchen, kratze mich! Wenn du wieder nach Hause gehst, schenke ich dir ein junges Fohlen.»

Und das Mädchen kratzte und scheuerte die Stute.

Und wieder eine Stunde später stand im Garten am Weg ein alter Apfelbaum. Er sagte zu dem Mädchen: «Unter meiner Rinde wohnen Ameisen. Schlage mich und stoße mich ein bisschen, mein liebes Mädchen, schlage mich, damit sie ausziehen. Wenn du heim gehst, schenke ich dir eine ganze Schürze voll Äpfel.»

Und das Mädchen tat, wie es der Apfelbaum wollte.

Und wieder eine Stunde später traf sie auf einige junge Mädchen, die Leinentücher im Bach spülten. Sie sagten zu ihr: «Hilf uns ein wenig das Leinen spülen! Wir haben es sehr eilig. Wenn du heimwärts gehst, erhältst du von uns eine ganze Lade voll.»

Und das Mädchen half ihnen, das Leinen schwingen.

Nun dauerte es nicht mehr lange und sie gelangte an den Hof. Der Bauer fragte sie auf der Stelle: «Mit wem willst du essen? Mit Hunden und Katzen oder mit meinen Leuten?»

«Ich werde immer mit Hunden und Katzen essen», antwortete das Mädchen.

Und die Hunde und Katzen bekamen Milchsemmeln, die Dienstleute aber nur Gewürm und Kröten.

«Und wo willst du schlafen?», fragte der Bauer weiter. «Bei den Hunden und Katzen oder bei meinen Leuten.»

«Ich bleibe bei den Hunden und Katzen.»

Die Hunde und Katzen schliefen in weichen Betten, die Dienstleute aber auf altem Hanfstroh.

Ein Jahr verging und dann fragte der Bauer: «Welche Lade willst du als Lohn haben? Eine alte oder eine neue?»

«Ich nehme gern die alte», antwortete das Mädchen.

Und die alte Lade war voller Silber und Gold, in der neuen aber staken nur Kröten und Gewürm.

Auf dem Heimweg traf das Mädchen zuerst die Schar Mädchen, denen sie das Leinen schwingen geholfen hatte. Von ihnen bekam sie einen Packen feingewebten Leinens.

Dann kam sie zu dem Apfelbaum, den sie damals gestoßen hatte. Der Apfelbaum schüttelte ihr die Schürze voll rotbäckiger Äpfel.

Dann kam sie zu der Stute, die sie damals gekratzt und gescheuert hatte, und die gab ihr ein junges Fohlen mit. Schließlich begegnete sie der Sau, die sie damals gekratzt und gescheuert hatte, und die Sau schenkte ihr ein schönes Ferkelchen.

Die Stiefmutter sah die Stieftochter schon von weitem und befahl dem Hahn: «Flieg auf das Dach und singe ‹Unser dreckiges Ferkel kommt nach Hause mit lauter Schlangen und Kröten.›»

Der Hahn flog auf das Dach und sang: «Kikerahi, unsere junge Frau kommt nach Hause mit lauter Silber und Gold!»

Das erzürnte die Stiefmutter über die Maßen und sie schlug den Hahn tot.

Doch Recht hatte er gehabt.

Als nun die Junge mit allen ihren Geschenken durch das Hoftor trat, fielen der Stiefmutter fast die Scheelaugen aus dem Kopf, und sie sagte zu ihrem Mann: «Führe meine Tochter auch auf jenen Bauernhof!»

Der Mann führte ihre Tochter den halben Weg dahin.

Als diese dann allein kaum eine Stunde unterwegs war, sah sie auf dem Weg eine Sau liegen, die sagte: «Kratze mich, Mädchen, kratze mich! Wenn du wieder nach Hause gehst, schenke ich dir ein schönes Ferkelchen.»

«Dummes Vieh», sagte das Mädchen, «kratze dich selbst», und ging weiter.

Nach wieder einer Stunde stand da eine Stute und sagte: «Kratze mich, Mädchen, kratze mich! Wenn du wieder nach Hause gehst, schenke ich dir ein junges Fohlen.»

«Dummes Vieh», antwortete das Mädchen, «kratze dich selbst», und ging weiter.

Und wieder nach einer Stunde kam sie an den Apfelbaum. Der Apfelbaum sagte: «Bei mir unter der Rinde sind Ameisen. Schlage mit dem Fuß dagegen, schlage! Wenn du wieder nach Hause ziehst, schüttele ich dir die Schürze voll mit schönsten Äpfeln.»

«Ich habe Besseres zu tun, als alte Bäume mit den Füßen zu stoßen», sagte das Mädchen und ging weiter.

Und wieder eine Stunde später kam sie zu dem Bach, wo die Mädchen Leinen schweiften. «Liebes Mädchen», baten sie, «hilf uns das Leinen schwingen. Wir schaffen es nicht allein.»

«Dumm genug wäre ich», spottete sie, lachte schrill und ging weiter.

Bald gelangte sie zu dem Bauernhof. Der Bauer fragte: «Mit wem willst du essen, mit den Hunden und Katzen oder mit meinen Leuten?»

«Ich werde doch nicht mit dem Viehzeug essen!»,
antwortete sie.

Doch die Leute bekamen Gewürm und Kröten, die
Hunde und Katzen aber Milchsemmeln mit Honig.

«Und wo willst du schlafen?», fragte der Bauer weiter.
«Bei den Hunden und Katzen oder bei den Leuten?»

«Ich werde natürlich mit den Leuten schlafen!», antwortete das Mädchen.

Doch die Dienstleute schliefen auf altem Hanfstroh,
die Hunde und die Katzen aber in weichen Federbetten.

Als ein Jahr vorüber war, fragte der Bauer: «Welche
Lade willst du als Lohn haben, eine alte oder eine neue?»

«Nun, die alte doch nicht», antwortete das Mädchen.

Doch die neue Lade war voller Kröten und Gewürm,
die alte Lade aber voller Silber und Gold.

Mit bösem Gesicht machte sich das Mädchen auf den
Heimweg. Zuerst kam sie an dem Bach vorbei, wo die
Mädchen Leinen schweiften. Die verprügelten sie, und
der Apfelbaum schlug sie mit seinen Ästen und die Stute
versetzte ihr einen Huftritt und die Sau biss sie.

Geschlagen und lahm kam sie nach Hause. Die Mutter sah sie schon von weitem und sagte zum Hahn: «Fliege auf das Dach und singe: ‹Unsere schöne junge Frau
kommt mit lauter Gold und Silber nach Hause!›»

Der Hahn flog auf das Dach und sang: «Kikerahi,
unser schmutziges Ferkel kommt mit lauter Gewürm und
Kröten nach Hause.»

Die Frau nahm ein Beil und wollte ihn auf der Stelle
köpfen.

Der Mann aber sagte: «Er hat doch Recht gehabt»,
und schickte die Stiefmutter und ihre Tochter mit der
Lade voller Kröten und Gewürm zurück in ihr Haus.

# Der Goldschatz

Ein Mann besaß einen geheimen Goldschatz. Er rief seine zwei Söhne zu sich und sagte: «Der, der den schönsten Ring von seiner Braut herbringt, bekommt den Goldschatz.»

Der ältere Sohn freute sich, denn er hatte schon eine Braut. Der jüngere, der mit vielen Mädchen getanzt und noch keine ins Heu geführt hatte, aber war traurig.

Der erste ging fröhlich durch das große Hoftor und der zweite bekümmert zur Tennenpforte hinaus. An der Tennenpforte kroch ein dicker Frosch aus seinem Loch und sagte: «He, Bursche, warum jammerst du so?»

«Wie sollte ich nicht jammern?», antwortete der Junge. «Unser Vater hat einen Goldschatz, und wer von uns Söhnen den schönsten Ring von seiner Braut nach Hause bringt, bekommt den Schatz.»

«Jammere nicht», sagte der Frosch, «und komm mit mir. Du hast ja niemals mit dem Stiefel nach mir getreten.» – Der Bursche ging mit ihm und gelangte unter der Erde in eine schöne Stube. Der Frosch gab ihm einen Ring, der die ganze Stube leuchten machte, und der Bursche eilte mit dem Ring nach Hause.

Der Vater sagte: «Älterer, zeige mir, was du hast!»

Der ältere Sohn wickelte aus einem Stück Papier einen kleinen grün angelaufenen Kupferring aus.

Der Vater sagte: «Jüngerer, nun du!»

Sein Ring ließ das ganze Zimmer leuchten.

Doch der Vater war nicht zufrieden und stellte den Söhnen eine neue Aufgabe. «Der, der das schönste Schultertuch bringt, erhält den Schatz.»

Der ältere Sohn lief fröhlich durch das Hoftor, der jüngere aber traurig zur Tennenpforte hinaus. Dort kroch wieder der große Frosch aus seinem Loch und sagte: «Warum jammerst du so, mein Junge?»

«Warum sollte ich nicht jammern?», antwortete der Bursche. «Unser Vater hat einen Goldschatz, und wer das schönste Schultertuch von seiner Braut bringt, bekommt den Schatz.»

«Jammere nicht», sagte der Frosch, «und komm mit mir.» – Er nahm ihn mit hinunter in die schöne Stube und gab ihm ein wunderschön in Birkengrün und Heidekrautrot besticktes Schultertuch. Damit eilte der Bursche nach Hause.

Der Vater sagte: «Älterer, zeige, was du hast!»

Der zeigte ein zerfranstes Tuch vom Jahrmarkt.

Der Vater sagte: «Jüngerer, nun du!»

Der jüngere Sohn zog sein besticktes Tuch hervor.

Immer noch war der Vater nicht zufrieden und sagte: «Wer die schönste Braut ins Haus bringt, bekommt den Goldschatz.»

Der ältere Sohn zog fröhlich aus dem großen Hoftor, der jüngere aber traurig zur Tennenpforte hinaus.

Wieder kroch der große Frosch heraus und fragte: «Junge, warum bist du so traurig?»

«Warum sollte ich nicht traurig sein», antwortete der Bursche, «unser Vater hat einen Goldschatz, und wer die schönste Braut nach Hause führt, bekommt ihn.»

«Lass dich nicht bekümmern», sagte der Forsch, «und komm mit mir.»

Er führte ihn wieder in die schöne Stube. Am Fenster saß ein Mädchen, schöner als jede, mit der er getanzt hatte.

Der Frosch ließ es sich kleiden wie zum Maientanz im Heidekrug und darüber Seidenrock und beflittertes Mieder anziehen.

Der Bursche eilte mit ihr nach Hause.

Auch der Ältere brachte seine Braut ins Haus. Sie trug Kleider aus Samt und Seide. Der Vater sagte: «Älterer, tanz mit ihr den lustigen Dreher!»

Der ältere Sohn tanzte den lustigen Dreher und wirbelte seine Tänzerin so, dass die vornehmen Kleider aus Samt und Seide von ihr abflatterten. Darunter zeigten sich schlampige Röcke und ein fleckiges Mieder.

Der Vater sagte zum jüngeren Sohn: «Jüngerer, tanze du!» Und der jüngere tanzte den lustigen Dreher. Seidenrock und Flittermieder flogen ab und die Tänzerin wurde ein Mädchen aus der Heide beim Maientanz. Jetzt war der Vater zufrieden. Er sagte zum jüngeren: «Du bekommst den Goldschatz.»

Der ältere Sohn war sehr enttäuscht und gönnte dem Bruder den Schatz nicht. Er riet: «Nun müssen wir das Los ziehen!»

Der Vater aber sagte: «Nein, das braucht nicht zu sein. Der jüngere Sohn erhält den Goldschatz, und ich werde mit ihnen in unserem Haus wohnen.»

Der jüngere Sohn und seine Braut heirateten und lebten noch lange. Sie hatten viele Kinder, die ihnen gut gerieten. – Und das war der Goldschatz.

# Zwölf Söhne und zwölf Töchter

Ein alter Mann hatte zwölf Söhne, die er bei angesehenen Meistern zu Handwerkern ausbilden ließ.

Der erste war Jäger, der zweite Fischer, der dritte ein Hirt, der vierte ein Bauer, der fünfte ein Köhler, der sechste ein Pecher, der siebte ein Weber, der achte ein

Radmacher, der neunte ein Maurer und der zehnte ein Zimmermann, der elfte ein Schmied und der zwölfte ein Schneider.

Nachdem sie ihre Lehre beendet hatten, kamen sie zusammen zum Vater und baten: «Vater, lass uns in die weite Welt ziehen. Wir wollen hinzulernen und heiraten.»

«Das erlaube ich euch gern», antwortete der Vater. «Aber heiraten dürft ihr nicht eher, bevor ihr nicht einen Vater findet, der zwölf Töchter hat, aber keinen Sohn. Wenn ihr mir versprecht, dass ihr einen solchen Mann finden wollt und dann nach Hause zurückkehrt, so zieht in Gottes Namen in die Welt.»

Die Söhne versprachen das und machten sich auf die Reise. Überall fragten sie, ob nicht irgendwo ein solcher Vater wohne. Lange Zeit schien es, als ob sie vergebens suchen sollten. Schließlich aber sagte man ihnen an einem Ort, hundert Meilen weiter wohne ein Mann, der zwölf Töchter hat, und so seltsam es ist, auch er habe beschlossen, seine Töchter nur an zwölf Söhne eines anderen Vaters zu verheiraten.

Das war eine sehr willkommene Nachricht.

Doch die Leute ergänzten: «Ihr müsst zuerst durch eine gefährliche Schlucht, in der ein böser Geist herrscht, der alle, die dahin kommen, in steinerne Säulen verwandelt. Nur manchmal, wenn der Geist nicht so sehr böse ist, zeigt er sich barmherzig und erlaubt, die Schlucht ohne Schaden zu nehmen zu durchschreiten.»

Das machte den Brüdern gute Hoffnung.

Sie gerieten in einen großen Wald, und gleich sammelten sich bei ihnen Wildtiere, die vor Hunger schrecklich heulten. Es waren ihrer viele und es wurden immer mehr. Die Brüder warfen ihnen ihr Brot und Trockenfleisch zu, die Tiere wurden davon nicht satt, aber sie brüllten nicht länger vor Hunger und bedankten sich. Der Bär schenkte den Brüdern eine Hand voll Haare aus seinem Pelz und sagte: «Wenn ihr einmal in Not geratet, verbrennt sie. Den Geruch werden alle Tiere wahrnehmen und euch helfen.»

Nun bedankten sich die Brüder und zogen weiter ihren Weg. Der Wald endete, und sie sahen vor sich einen kleinen See, wo eben eine Horde von Dieben dabei war, Fische zu stehlen. Die Diebe erblickten die zwölf Burschen und flüchteten. Die Fische übergaben zum Dank für ihre Rettung den Burschen einige Steinchen aus der Tiefe des Sees und sagten: «Wenn ihr in Not geratet, werft sie ins Wasser, und alle Fische werden euch helfen.»

Die zwölf Brüder, die drei Tage durch den dichten Wucherwald gezogen waren, bedankten sich und ruhten sich über Nacht am Seeufer aus.

Am nächsten Morgen gelangten sie an den Rand einer tiefen Schlucht, über der eine schwarze Wolke hing, die auch der hellste Sonnenstrahl nicht durchdringen konnte. Die Brüder zögerten.

Der älteste Bruder sagte: «Das ist sicher die Schlucht des bösen Geistes. Sollen wir es wagen?»

Sie wagten es und stiegen hinab. Überall standen steinerne Stelen, Menschen, die der böse Geist verzaubert hatte. Die Brüder zögerten, aber als sie eine alte Dienerin des bösen Geistes sahen, die die Stelen säuberte, baten sie sie von weitem, ihnen beim bösen Geist Barmherzigkeit zu erbitten und zu erlauben, die Schlucht zu durchschreiten. Doch die alte Dienerin weigerte sich aus Furcht vor dem Zorn des Geistes. Mund an Ohr aber verriet sie ihnen, wo er haust: «Weit vorn seht ihr einen großen Berg. Im Berg liegt ein kleiner See, auf dem See schwimmt eine Ente, in der Ente steckt ein Ei und im Ei brennt ein winziges Flämmchen. Das ist der böse Geist. Wer das Flämmchen auslöscht, hat ihn überwunden und damit auch alle erlöst, die er hier versteinert hat.»

Die zwölf Brüder standen ratlos: Berg, See, Ente, Ei – wie sollten sie ans Ziel gelangen? Sie sahen den Berg vor sich, aber wie sollten sie ihn abtragen können? Schließlich erinnerte sich der jüngste Bruder an die Worte und das Geschenk der Wildtiere. Die Brüder traten zusammen und berieten.

Am Ende sagten sie sich: «Wir verbrennen die Pelzhaare und finden die Lösung.»

«Vielleicht», sagte einer.

«Wahrscheinlich», sagte ein anderer.

Und der älteste sagte: «Bestimmt!»

Sie entfachten ein kleines Feuer, nahmen die Haare, die ihnen der Bär geschenkt hatte, und verbrannten sie. Von allen Ecken kamen Wildtiere angelaufen und wussten von selbst, was zu tun sei. Sie gruben, schaufelten, kratzten, warfen den Boden beiseite, trieben Gänge und Stollen in den Berg, bis er zusammenbrach und der unterirdische kleine See erschien.

Auf dem See schwamm eine weiße Ente.

«Wie sollen wir sie ans Ufer locken?», fragten sich die Brüder.

Der älteste Bruder sagte: «Wisst ihr nicht mehr, was uns die Fische im See am Waldrand gesagt haben?»

Alle erinnerten sich, was die Fische geraten hatten, und warfen deren Steine so weit wie möglich in den See. Ganze Fischschwärme tauchten aus der Tiefe auf und trieben die Ente zum Ufer.

Der älteste Bruder fing die Ente, schnitt sie auf, nahm das Ei heraus und schlug es auf. Das Flämmchen wuchs schnell, zu zwölft mit einem Atemstoß löschten sie es aus. Ein ungeheurer Donnerschlag zerriss den Himmel, die Erde bebte. Die wilden Tiere flüchteten in Panik, die Brüder erstarrten vor Furcht. Alles dauerte nur einen Augenblick, dann fiel große Stille in die Schlucht ein.

Die zwölf Brüder atmeten auf, die Furcht fiel von ihnen ab, sie öffneten die Augen und sahen die schwarze Wolke über der Schlucht sich auflösen, als wäre sie nie gewesen. Die steinernen Stelen wurden wieder zu lebenden Menschen, die in langer Reihe an ihnen vorbei aus der Schlucht hinauszogen. – Die zwölf Brüder schlossen sich ihnen an. Als die Schlucht endete, lag ein weites freundliches Land vor ihnen. Hier fanden sie schon am zweiten Tag jenen Vater, der zwölf Töchter hatte. Sie wurden herzlich aufgenommen, und jeder erhielt ein Geschenk, einen Hirtenstab, eine Maurerkelle, ein Jagdhorn, ein Fischernetz ... das schönste Geschenk aber erhielt der jüngste, der Schneider: eine silberne Nähnadel, die zehn Stiche mit einem Stich machte.

Das Hochzeitsfest der zwölf Brüder mit den zwölf Schwestern war das größte im Lande. Die beiden Väter richteten es gemeinsam aus und freuten sich schon auf die vielen Enkelkinder.

# Zwei Brüder

Es waren einmal zwei Brüder, sie hießen Bastian und Jakub. Bastian hatte einen schlauen Kopf und Jakub ein gutes Herz. Sie hatten gemeinsam den mageren Hof ihres Vaters und eine kleine Herde Kühe geerbt.

Eines Tages sagte der schlaue Bastian zum gutmütigen Jakub: «Wie wäre es, wenn wir uns jeder einen Stall bauten, und in welchen am Abend das meiste Vieh hineinläuft, dem soll es gehören?»

Der gutmütige Jakub hatte nichts dagegen. Er baute sich einen Stall aus Grassoden, Bastian aber einen aus frischem Stangenholz. Am Abend kamen die Tiere von der Weide und alle Kühe drängten sich in den grünen Grassoden-Stall. Nur der alte lahme Ochse schlurfte in den Holzstall.

Bastian erkannte, dass er sich selbst betrogen hatte. Er überlegte und sagte seinem Bruder: «Gib mir deine Herde, und ich gebe dir dafür meinen Ochsen.»

Der gutmütige Jakub antwortete: «Meinetwegen, wir haben ja alles gemeinsam.» Er war zufrieden mit seinem lahmen Ochsen, der gut im Fleisch war.

Am Tag darauf trieb er ihn in die Stadt auf den Viehmarkt. Unterwegs in der Heide kam er vorbei an einer großen alten Fichte, die schnarrte sonderbar. Er fragte die Fichte: «Willst du etwa meinen Ochsen kaufen?»

Die Fichte schnarrte wieder und Jakub fragte: «Wie viel gibst du?»

Die Fichte schnarrte, und Jakub sagte: «Schön, du sollst ihn haben.» Er band den Ochsen an den Stamm und sagte: «Morgen komme ich das Geld holen.»

Am nächsten Morgen ging er mit einem Beil in den Fichtenwald. Der Ochse war nicht mehr da. Jakub fragte die Fichte: «Willst du zahlen?»

Und die Fichte schnarrte wieder, dieses Mal noch sonderbarer. Jakub hob sein Beil bis über die Schulter und hieb mit aller Kraft in den Stamm. Sofort rieselte aus dem Spalt eine große Menge goldener Taler. Er nahm einen oder drei, lief zurück zum Bruder und sagte: «Spann schnell an, ich habe für meinen Ochsen sehr viel Geld erhalten.»

Der schlaue Bastian lachte ihn aus und sagte: «Was du bekommen hast, das weiß ich schon.»

Doch Jakub ließ keine Ruhe, und Bastian musste eine Kuh anspannen. Sie kamen zu der Fichte – dort lag wirklich ein großer Haufen goldener Taler. Sie schaufelten die Taler in einen Sack und schleppten sie auf den Wagen.

Auf dem Heimweg begegneten sie Leuten, die neugierig fragten: «Was bringt ihr denn aus der Heide nach Hause?»

«Äpfel!», antwortete der schlaue Bastian.

Der gutmütige Jakub aber sagte leise: «Gold.»

Die Leute lachten und sagten zu den Brüdern: «Dann heb du dir deine Äpfel gut auf und du dein Gold.»

Der schlaue Bastian redete lange vergeblich auf den Bruder ein, er solle ihm seinen Anteil überlassen. Am Ende sagte er: «Gib mir dein Geld, ich gebe dir dafür eine Weidenflöte: Wenn du sie spielst, wird alles um dich herum tanzen.»

Dem gutmütigen Jakub gefiel es, dass er alle tanzen machen konnte, er lachte: «Gold kann man ja nicht essen!», und gab dem Bruder seinen Anteil.

Er nahm die Flöte und ging vom Hof, um Arbeit zu suchen, und fand sie als Schäfer beim Pastor. Mit der Herde allein auf der Weide war es ihm schon am zweiten Tag langweilig. Er holte die Weidenflöte aus der Tasche, spielte, und die Schafe begannen wirklich zu tanzen.

Damit vergnügte er sich nun jeden Tag. Es blieb nicht aus, dass die Leute das sahen und dem Pastor erzählten, sein Schäfer weide die Schafe nicht, sondern lasse sie tanzen. Der Pastor sagte: «Da muss ich nachschauen, ob das auch wahr ist.»

Er ging auf die Weide. Es war schon gegen Abend, und Jakub wollte eben seine Herde nach Hause treiben.

Er nahm die Weidenflöte an die Lippen und flötete. Tanzend folgten die Schafe hinter ihm her.

Der Pastor musste auch tanzen, ob er wollte oder nicht, und ebenso alle Leute, die neugierig gekommen waren und das Spiel der Weidenflöte hörten.

Alle – der Schäfer, die Schafe, der Pastor und die Leute – zogen ins Dorf ein, die Flöte verstummte, der Pastor blieb stehen und sagte ärgerlich zu Jakub: «Einen solchen Schäfer brauche ich nicht. Sage, wie viel Lohn du bekommst, und geh deiner Wege.»

Der gutmütige Jakub antwortete: «Gebt mir Euren großen Hirsestampfer, damit bin ich zufrieden.»

Der Pastor gab ihm den großen Hirsestampfer und Jakub ging davon. Unterwegs begegnete er seinem Bruder.

Bastian fragte: «Wohin gehst du?»

«Ich suche mir eine andere Arbeit, komm mit mir.»

Bastian begleitete ihn ein Stück Weges. Gegen Abend kamen sie in einen großen Wald, und um in der Nacht nicht von Waldtieren angefallen zu werden, kletterten sie auf einen hohen Baum. Jakub nahm seinen Hirsestampfer mit hinauf, obwohl der Bruder darüber lachte.

Es war Mitternacht, als sie drei Männer durch den finsteren Wald herankommen sahen. Diese schleppten schwere Säcke, warfen sie ab und setzten sich unter den Baum, auf dem die Brüder saßen. Sie redeten laut über ihre Beute und dass sie hier übernachten würden, weil es ein gut versteckter Platz sei.

Während sie so redeten und im schwachen Mondschein ihr Räubergut betrachteten, glitt Jakub der schwere Hirsestampfer aus den Händen und fiel mitten unter die Räuber. Die sprangen entsetzt auf, weil sie meinten, böse Geister säßen auf dem Baum, rannten davon und ließen ihr Räubergut liegen.

Am Morgen sammelten die Brüder die Beute auf und waren nun doppelt so reich wie zuvor. Sie teilten sich das Räubergut ehrlich und nun auch die goldenen Taler von der Fichte.

Die Brüder Bastian und Jakub kehrten zurück auf ihren kleinen Hof am Rande der großen Heide, ackerten und säten und trieben das Vieh auf die Weide. Denn Jakub meinte: «Gold kann man ja nicht essen.»

Und er hatte Recht.

## *Tölpelhans*

Zwei Stunden weit vor der Stadt lebte eine Witwe mit einem Sohn, den alle Leute Tölpelhans nannten. Eines Tages schickte die Mutter ihren Sohn nach Stecknadeln in die Stadt. Er kaufte die Nadeln, legte sie unterwegs auf einen Fuhrmannswagen und schlenderte nach Hause.

Die Mutter fragte: «Nun, wo hast du die Stecknadeln?»

«Die waren mir zu schwer, deswegen habe ich sie auf einen Fuhrmannswagen gelegt. Der muss ja bald kommen.»

Die Mutter sagte: «Warum hast du sie dir denn nicht an den Latz gesteckt!»

Der Tölpelhans sagte: «Schade, dass du mir das nicht vorher gesagt hast.»

Ein andermal schickte sie ihn in das nächste Dorf nach Butter. Er nahm die Butter, schmierte sie sich auf den Latz und steckte die Hände in die Hosentasche.

Als er heimkam schimpfte die Mutter: «Wo hast du die Butter?»

Er sagte: «Ich habe sie mir auf den Latz geschmiert.»

Die Mutter schüttelte den Kopf: «Warum hast du sie nicht in einen Beutel eingebunden?»

Er sagte: «Schade, dass du mir das nicht vorher gesagt hast.»

In der Erntezeit brauchte die Mutter eine Magd und auch ein Pferd. Sie schickte ihren Sohn los und unterwies ihn gründlich.

Am Ende sagte sie: «Wenn du das Pferd nach Hause treibst, dann binde ihm im ersten Dorf das Hafersäckchen um und im zweiten Dorf lass es trinken. Dann aber komme geradewegs nach Hause.»

Der Tölpelhans kaufte auf dem Pferdemarkt in der Stadt ein Pferd und dingte eine Magd. Die Magd band er in einen Sack, trug sie auf dem Rücken nach Hause und warf sie wie einen Sack Kienholz unter die Ofenbank.

Die Mutter kam herein und fragte besorgt: «Um Gottes Willen, Tölpelhans, wo hast du denn das Pferd und die Magd?»

Er antwortete: «Ja, Mutter, ich habe auf dem Pferdemarkt ein Pferd gekauft und ihm gesagt, es solle im ersten Dorf den Hafer fressen, im zweiten sich satt trinken und dann geradewegs nach Hause laufen. Die Magd aber habe ich eingebunden und heimgebracht, sie liegt unter der Ofenbank.»

Da wurde die Mutter ärgerlich: «Aber Tölpelhans, du hättest die Magd auf das Pferd setzen müssen und du wärst mit ihr fröhlich nach Hause geritten!»

Und er sagte: «Schade, dass du mir das nicht vorher gesagt hast.»

Wieder ein andermal schickte sie ihren Sohn mit einer Kanne Quark auf den Wochenmarkt in die Stadt. Unterwegs sah der Bursche einen Lehmacker, der wegen der Dürre ganz aufgesprungen war. Er wusste, wie sehr

Schrunden schmerzen und dass Quark sie heilt, und beschmierte das Feld mit seinem Quark.

Nach Hause kam er ohne Geld und war ein wenig traurig, dass er den Quark nicht mehr hatte. Die Mutter verprügelte ihn und schrie dabei: «Verkaufen hast du ihn müssen und nicht verschmieren!»

Am Ende aber beruhigte sie sich und sagte: «Wenn du wieder in die Stadt gehst, dann rufe nur aus vollem Hals: ‹Kauft Quark, kauft Quark!›»

Am nächsten Sonnabend gab sie ihm eine Kanne voll Quark. Tölpelhans ging in die Stadt und kam an einer Kirche vorbei, in die sich viel Volk drängte. Auch er trat ein.

Vor dem Altar wurde ein Brautpaar getraut, und in die Feierlichkeiten hinein begann er aus vollem Hals zu schreien: «Kauft Quark, kauft Quark!»

Die Leute verprügelten ihn und warfen ihn aus der Kirche.

Zu Hause erzählte er der Mutter, wie es ihm ergangen war. «Ja», sagte die Mutter. «Du hättest rufen sollen: ‹Welche Freude! Dankt Gott für das Glück!›»

Tölpelhans hatte verstanden.

Am nächsten Markttag war er wieder unterwegs auf den Markt. In der Vorstadt sah er eine Menge Leute, trat heran und sah, dass ein Bäckerhaus brannte. Er lief hin und schrie: «Welch eine Freude! Dankt Gott für das Glück!»

Auch nun erging es ihm wie vor einer Woche. Den Rücken voller Prügel kam er heim und jammerte der Mutter vor, wie schlecht es ihm ergangen sei.

«Da hättest du doch eine Kanne Wasser nehmen sollen und das Feuer löschen helfen», belehrte ihn die Mutter.

Eine Woche darauf kam Hans wieder bei einem Bäcker vorbei und sah, wie eben der Backofen angeheizt wurde. Schnell nahm er eine Kanne Wasser und goss sie in das Feuer. Der Bäcker ergrimmte und verprügelte ihn wie keiner zuvor.

Jammernd kam Tölpelhans nach Hause und klagte der Mutter sein neues Unglück.

Die Mutter aber sagte: «Warum hast du nicht gerufen: ‹Mir und meiner Mutter auch ein Stück Kuchen.››»

Der Sohn sagte: «Mutter, das werde ich mir merken.»

Die Mutter seufzte: «Merken tust du es dir ja, aber es an der rechten Stelle sagen, das lernst du wohl nie.»

Sie beschloss, zum nächsten Wochenmarkt selber mit in die Stadt zu fahren. Dem Töpelhans bläute sie ein zu rufen: «Kauft Eier, kauft Eier.»

Er wiederholte das zwei Mal und sagte: «Ich kann es jetzt, Mutter.»

Sie kamen rechtzeitig auf den Markt, breiteten ein feines blau bedrucktes Tuch aus und legten die geputzten Eier darauf. – Die Mutter gab Tölpelhans einen Wink, und er rief: «Leute, kauft Eier. Leute, kauft Eier!» Plötzlich fügte er von sich aus hinzu: «Fünf für einen Dreier, fünf für einen Dreier, das ist gar nicht teier!»

Die Mutter staunte, er selbst staunte, dass ihm das eingefallen war, und die Leute hörten zu, kamen heran und kauften Eier. Tölpelhans wiederholte seinen Spruch immer wieder von neuem, er hatte eine laute und zudem schöne Stimme, die viele Leute an ihren Stand lockte.

Einmal kam auch der Bürgermeister vorbei, sah die Leute sich um den Stand drängen und hörte den Burschen seine Sprüche in die Menge rufen. Er dachte: ‹Einen solchen Burschen könnte ich wohl gebrauchen.›

Er fragte die Mutter: «Hast du das gedichtet?»

Sie antwortete: «Nein, das kann er selber!»

Der Bürgermeister nahm ihren Sohn mit ins Rathaus.

Von da an musste Tölpelhans Sprüche des Bürgermeisters lernen und auf dem Markt verkaufen. Nach einigen Jahren hatte er viele erlernt und wurde Ratsherr.

# Verjagt

Es war einmal ein Mann, der alles verloren hatte, Haus und Hof und auch seine Frau. Nun lebte er mit seinem einzigen Sohn allein in einer Hütte am Rande der großen Heide. Der Mann war unzufrieden mit allem, am meisten aber mit seinem Sohn. Er sagte, er sei faul bei jeder Arbeit und ungeschickt bei allem, was auch immer er anfasse. Er wolle ihn nicht länger im Haus haben.

Er machte die Tür auf und jagte den Sohn hinaus.

Der Sohn wanderte in die Heide. Unter dem ersten Wacholderstrauch sah er einen Hund liegen.

Der Hund fragte den Burschen: «Wo willst du hin?»

Der verjagte Sohn sagte: «Ich muss mir mein Brot in der weiten Welt suchen. Der Vater hat mich aus dem Hause gejagt.»

Der Hund seufzte: «Mir geht es genauso. Als ich jung war, war ich ihr braver, guter Hund, und alle lobten mich. Nun bin ich alt, und sie geben mir nichts mehr zu fressen und schlafen darf ich bloß noch irgendwo draußen auf der nackten Erde. Ich gehe mit dir, vielleicht findet sich irgendwo ein Armenbrot für mich.»

Sie gingen gemeinsam weiter und kamen in ein Heidedorf. Da saß ganz traurig eine Katze am Zaun und klagte ihnen ihre Not. Solange sie jung gewesen sei und fleißig Mäuse gefangen habe, sei es ihr gut gegangen.

Aber nun sei sie blind auf einem Auge und auch nicht schnell genug auf allen vier Beinen. Sie wolle also mit ihnen in die Welt gehen und sich ein Armenbrot suchen.

Zu dritt zogen sie weiter. Auf der Wiese zwischen dem nächsten Dorf und einem Kieferstück Heide trafen sie einen ergrauten Esel. Ihm ging es ebenso schlecht, und er gesellte sich zu ihnen. Schließlich entdeckten sie auf dem untersten Ast einer Kiefer einen Hahn, zerzaust und geschlagen. Auch er schloss sich ihnen an.

Spät abends befanden sie sich tief im Wald und konnten ihren Pfad nicht mehr sehen. Es war auch kalt und nirgends ein geschützter Fleck, wo sie lagern konnten.

Der verjagte Sohn sagte: «Katze, du kannst am besten klettern. Klettere hoch und blicke dich um, ob du irgendwo Licht siehst.»

Die Katze kletterte auf den Baum und rief: «Ich sehe Licht.» Sie ließ sich mühsam hinab, und sie gingen der Katze nach in die Richtung, wo sie das Licht gesehen hatte. Sie gelangten zu einer verwahrlosten leeren Hütte, in der ein Kienspan brannte. Vorsichtig traten sie ein und fanden auf dem Tisch reichlich gutes Essen. Hungrig, wie sie alle waren, ließen sie nichts übrig. Satt und schläfrig überlegten sie, wo sie sich hinlegen könnten.

Der verjagte Sohn befahl: «Jeder schläft dort, wo er zu Hause geschlafen hat. Ich selbst habe immer im Bett geschlafen.»

Der Hund sagte: «Und ich unter dem Tisch.»

Die Katze miaute: «Ich habe immer auf der Ofenbank liegen dürfen.»

Der Esel brummte: «Ich hatte meinen Platz hinter der Tür.»

Und der Hahn schließlich sang heiser: «Ich musste immer auf dem Schornstein Wache halten.»

«Gut also», sagte der verjagte Sohn. «Dann geht jeder an seinen Platz.»

Sie schliefen.

Nach Mitternacht kamen die Räuber vor ihre zerfallende Hütte. Sie spürten gleich, dass jemand in der Nähe war, und trauten sich nicht hinein, obwohl sie drinnen in einem Winkel eine Menge Beute liegen hatten.

Am Ende aber wagte es ihr Hauptmann. Als er an den Tisch trat, wachte der Hund auf und biss ihn ins Bein.

Der Räuber knurrte: «Ich hab mich gerade schlimm gestoßen, ist ja auch finster wie hinter dem Mond hier.»

Er wollte einen zweiten Kienspan anzünden und tastete sich zum Ofen. Da wachte die Katze auf und sprang ihm ins Gesicht. Der Räuberhauptmann erschrak fürchterlich und rannte hinaus. Hinter der Tür wartete schon der Esel und schlug mit allen vier Hufen zu. Dabei schrie er laut: «Ia ia!» Dadurch erwachte der Hahn auf dem Schornstein und fing an zu krähen: «Kikerihi!» Es war ja auch schon kurz vor Sonnenaufgang.

Der Räuberhauptmann verstand aber: «Du entkommst mir nie!»

Er floh so schnell er konnte, und alle Räuber rannten hinter ihm her.

Am Morgen erschnüffelte der Hund die silbernen Taler und goldenen Dukaten, die Katze zählte sie, der verjagte Sohn packte alles zusammen, der Esel trug es gern und der Hahn saß auf dem Esel und sang.

Der Sohn führte sie zum Haus des Vaters, der sah das viele Geld, sagte zum Sohn: «Da hast du es doch noch zu etwas gebracht.», und nahm ihn wieder auf.

Jedes der Tiere bekam seinen Platz und ein Altenbrot. So lebten sie noch lange zusammen.

# Der Teufel
## und der Schmied

In einem Dorf zwischen Berg und Tal lebte ein Schmied, der eine Schmiede besaß und ein paar Morgen mageren Bodens dahinter. An einem Junitag mähte er auf seinem Stück Wiese das Gras, um im Winter Heu für seine Kuh zu haben. Da kam zu ihm der Teufel und wollte ihn, so wie er war, auf der Stelle mitnehmen.

Der Mann sagte: «Ich habe jetzt keine Zeit, mit dir zu gehen. Du solltest mir lieber die Wiese mähen helfen.»

Der Teufel war einverstanden. Der Schmied sagte, er habe keine zweite Sense, eine neue wolle er ihm aber schmieden. Statt des Sensenblattes nahm er ein altes Pflugmesser und befestigte es an einem zerbrechlichen Erlenstock, hängte statt der Wetzsteinbüchse dem Teufel ein Fass an die Hüfte und gab ihm statt des Wetzsteins einen Ziegel in die Hand.

Sie fingen an zu mähen. Mitten in der Wiese stand eine mächtige Eiche.

Der Teufel fragte: «Schmied, soll ich diese Distel auch abmähen?»

«Alles, was hier steht, muss abgemäht werden», antwortete der Schmied.

Der Teufel nahm den Ziegel und schärfte das Pflugeisen, stellte sich breitbeinig hin, hieb drei Mal zu, die Eiche fiel und der Sensenstiel zerbrach.

Der Schmied schimpfte ihn aus und mähte allein die Wiese ab. Dann gingen sie zur Schmiede.

Der Schmied sagte zum Teufel: «So kann ich nicht mit dir gehen, ich muss mich erst umziehen.»

Seinen Schmiedegesellen flüsterte er zu, eine Eisenstange ins Feuer zu legen, bis sie glüht. Als die Stange glühte, warf der Schmied in seiner Schlafstube die Stiefel unters Bett und rief: «Teufel, komm her und hole mir die Stiefel unter dem Bett hervor!»

Der Teufel war schon ungeduldig, darum gehorchte er und kroch unter das Bett. Die Schmiedegesellen kamen mit der glühenden Stange und stießen sie ihm tief in den Hintern hinein. Der Höllenteufel heulte vor Schmerzen wie der Höllenhund und bettelte: «Schmied, lass mich für heute noch gehen!»

Und der Schmied sagte wie nebenbei: «Gut, geh! Von mir aus gerne!»

Nach einigen Jahren starb der Schmied. In den Himmel konnte er ja wegen seiner Bekanntschaft mit dem Teufel nicht, deswegen stieg er hinab in die Hölle und schlug mit den Fäusten an die Tür.

Der Teufel fragte: «Wer ist da?»

Der Schmied antwortete: «Der Schmied aus der Schmiede, wo dir eine Eisenstange den Hintern verbrannt hat.»

Der Teufel schrie: «Du bist verdammt, aber ich lasse dich nicht in meine Hölle, lieber will ich allein braten, als mit dir zusammen.»

Nun wusste der Schmied nicht wohin und klopfte an die Himmelstür. Er bat, dass sie ihn nur einmal hineinschauen ließen. Doch der Türwächter erlaubte das nicht. Der Schmied bat und bettelte, bis er ihm schließlich einen Spalt öffnete. Schnell warf er seine schwere Schmiedeschürze in den Spalt, drückte die Tür auf und trat in den Himmel ein.

Ob er hat bleiben dürfen oder nicht, weiß niemand.

Ich auch nicht.

# Der Feuermann

Im dornigen, wuchernden Buschgestrüpp auf einem Hügel zwischen vier Dörfern trieb einst ein böser Geist sein Unwesen. Vor langer, langer Zeit war er ein Mann gewesen, der eine junge Braut zwei Tage vor der Hochzeit an dieser Stelle überfallen, geschändet und ermordet hatte. Zur Strafe dafür musste er in die Hölle. Doch selbst dort wollten die Teufel ihn nicht behalten. Sie beschmierten ihn mit Pech und Schwefel, verdammten ihn, zu jeder Mitternachtsstunde stinkend zu glimmen und zu brennen, und setzten ihn auf jenem Hügelchen aus.

Als immer mehr Leute den Feuerteufel von weitem gesehen und einige sich nur mit großer Mühe vor ihm hatten retten können, schickten sie eine Abordnung zum Pfarrherrn. Der Pfarrherr überlegte lange, bis ihm einfiel, wie der Feuermann zu vertreiben wäre.

Er sprach: «Unsere große Glocke ist dem Sankt Florian geweiht. Er ist unter den Heiligen derjenige, der gegen Feuer gesetzt ist. Wir werden also die heilige Glocke Florian gegen den Feuerteufel vom Hügel losschicken. Ihr, reihum die vier Dörfer, werdet allnächtlich zur Mitternacht zwölf Mal so mächtig die Glocke schlagen, dass jener Teufel sich zitternd verkriecht, und wer noch unterwegs ist, schnell nach Hause rennt.»

So geschah es. Und es geschah auch, dass lange Zeit niemand mehr den Feuerteufel glimmen oder gar brennen sah und die Leute am Ende fest glaubten, die heilige Glocke Florian habe ihn von ihrem Hügel an einen weit entfernten Ort vertrieben. Doch einmal klebte ein Jungbauer zu lange am Kartentisch und machte sich erst tief in der Nacht auf den Heimweg. Sein Weg führte über den Hügel nach Hause.

Der Jungbauer war gerade auf der Kuppe, als St. Florian vom Kirchturm ein Uhr schlug. Im gleichen Augenblick erblickte er im wirren Gebüsch ein Glimmen und Leuchten und hörte einen Schrei wie von einem wilden Stier: «Renne!»

Der junge Bauer rannte um sein Leben, der Feuermann kam näher und näher, der Mann erreichte das Dorf, erreichte seinen Hof und schlug das schwere Hoftor hinter sich zu.

Am Morgen fand man ihn wie tot. Sie trugen ihn ins Haus und er kam wieder zu sich. Als er nach einer Woche gesund war, führte ihn sein Vater an das Hoftor und zeigte ihm in der Tormitte ein Brandloch im dicken Eichenholz. Das Loch war eine Hand breit und eine Elle lang, an den Rändern verkohlt und stank nach Pech und Schwefel.

Der alte Bauer sagte kein Wort. Der Sohn holte Werkzeug, riss die Bohle heraus und nagelte sie von innen an die Haustür. Er wollte sich jeden Tag erinnern, weswegen er dem Mordgespenst vom Hügel begegnet war.

Die Leute aus den vier Dörfern wagten sich lange Zeit nicht mehr nachts in die Nähe des Hügels. Doch eines Tages kam ein Soldat aus dem Krieg nach Hause, er hatte ein Bein aus Fleisch und Blut und eines aus Holz, fürchtete weder Tod noch Teufel und glaubte nicht an den Feuermann. In einer Schänke wettete er um eine Flasche Branntwein, dass er Schlag Mitternacht das Gespenst zum Wettlauf fordern werde.

Drei junge Burschen begleiteten ihn bis an den Waldsaum, dann hinkte und humpelte er allein den Hügel aufwärts. Er kam an den jenseitigen Waldsaum und hatte nichts gesehen. Da hörte er die Glocke Florian Mitternacht schlagen – und plötzlich stand der Feuermann sieben Schritt hinter ihm. Er glomm von unten bis oben, wo er wie eine Fackel zu brennen begann und brüllte wie ein wilder Stier: «Renne!»

Der Soldat aber konnte nicht rennen. Als er sah, dass der Feuermann näher kam und nun schon bis zur Hälfte brannte, schnallte er schnell sein Holzbein ab und schlug mit aller Kraft so auf das Gespenst ein, dass rot glühende und hell brennende Funken bis über die Wipfel der Bäume stoben. Der Feuermann grunzte vor Schmerzen wie ein Wildeber und schrie wie ein Elefant in Afrika. Dabei brannte er am ganzen Körper und spuckte Pech und Schwefel gegen den Soldaten.

Vom Kirchturm aus sah der Mann, der an der Reihe war, die Glocke zu schlagen, die roten und die hellen Funken in den Himmel schießen, dachte, dass es im Dorf hinter dem Hügel brenne, und schlug abermals mit Macht die Glocke des Heiligen, der gegen Feuer gesetzt ist.

Der Feuermann erschrak und verschwand glimmend im Gebüsch.

Am Morgen fanden die Leute den Soldaten halb tot auf der Wiese am Waldsaum. Mit beiden Händen hielt er sein Holzbein, das halb verbrannt und halb verkohlt war und wie die Hölle stank. Er humpelte und hinkte nach Hause und lebte noch lange.

Wieder nach einer langen Zeit lebte in einem Dorf auf dieser Seite des Hügels ein junger Knecht, und auf der anderen diente sein Bräutchen. Er musste hart arbeiten am Tage, und das Mädchen musste am Abend lange dienen als Stubenmagd der Gräfin. Darum konnten sie einander nur sehen, wenn die liebe Sonne schon längst zu Hause war.

Eines Abends nun saßen sie unter einer Linde am Feldrain, und das Bräutchen schlief ein. Der Bursche sah den Mond wandern und wandern und weckte das Mädchen nicht. Plötzlich aber fuhr sie aus dem Schlaf auf und rief: «Lauf, Liebster, lauf! Bevor der Florian schlägt, musst du über den Hügel sein!»

Der Bursche wusste es selbst, er sprang auf, gab ihr einen Kuss und rannte davon. Er sah schon den Waldsaum auf seiner Seite vor sich, als die Glocke Florian langsam und weit hallend die Mitternachtsstunde auszählte. Er rannte noch schneller. Im Augenblick, als der letzte Glockenschlag verhallte, sprang der Feuermann aus dem Gebüsch und schrie wie ein wilder Stier: «Renne!»

Der Bursche rannte wie ein Jäger vor einem angeschossenen Keiler und sah den Feuermann nur noch zwei Dutzend Schritte hinter sich. Und er sah auch eine acht Garben breite, drei Männer hohe Strohfeime auf dem Acker. Er war schon zur Hälfte um die Feime herum, als der Feuermann sie erreichte. Der Bursche dachte, ich kann ihn nicht sehen, er kann mich nicht sehen, und sprang hinter eine dicke Eiche.

Nun rannte der Feuermann allein um die Feime, spuckte Pech und Schwefel und rannte und rannte, stieß dabei die schlimmsten Höllenflüche aus und brannte wie das Höllenfeuer selbst.

Da schlug die Glocke Florian ein Uhr, der Feuermann blieb stehen, murmelte noch einen halben Fluch und erlosch.

Der Bursche wartete eine Weile, dann näherte er sich vorsichtig der Stelle, wo das Gespenst stehen geblieben

war. Er roch den Gestank und fand einen rohen, unge-
fügen Eichenklotz im Erdboden stecken.

Er spuckte dreimal aus und knurrte dann den Klotz
an: «Du verdammter Rüpel! Du verfluchter Höllenbra-
ten! Jetzt ist es aus und alle mit dir!»

Er fasste den Klotz, der Klotz murrte und grollte und
tat wie in der Erde verwurzelt. Der Bursche nahm alle
Kraft zusammen, rüttelte, zerrte und zog den Klotz, bis
der vor ihm auf dem Boden lag.

Der Bursche ruhte sich aus, dann wuchtete er sich den
Klotz auf die Schulter und schleppte ihn heim. Am nächsten Abend zersägte er ihn in Stücke und spaltete ihn zu
Ofenholz. Doch das Scheiterholz verstank das ganze Haus
und war nur noch gut fürs Hexenfeuer am Hexenabend.

Der Bursche heiratete sein Bräutlein und sie bekamen
fünf Kinder. Die zwei Mädchen waren schön wie ihre
Mutter und die Jungen stark wie ihr Vater, der den
Feuermann vom Hügelchen zwischen vier Dörfern für
immer besiegt, zerstückelt und im Hexenfeuer verbrannt
hatte.

# Feuerfunke, Luftblase und Strohhalm

Feuerfunke, Luftblase und Strohhalm waren gute Freunde. Einmal begaben sie sich auf Wanderschaft. Unterwegs kamen sie an einen wasservollen Huftritt eines
Pferdes. Sie wussten sich keinen Rat, wie sie über das
große Wasser gelangen könnten. Sie berieten und berieten und beschlossen am Ende, dass der Strohhalm sich
als Brücke hinlege, auf der die beiden anderen das jen-
seitige Ufer des Riesenmeeres erreichen würden.

Also legte sich der Strohhalm hin, und Feuerfünkchen wagte sich als Erster auf die Reise. Es kam bis in die Mitte der Brücke, war müde und ruhte sich aus.

Der Strohhalm begann zu glimmen, verbrannte und beide ertranken in dem tiefen Wasser.

Die Luftblase, die sich immer gern vor Spottlachen aufplusterte, lachte laut darüber, lachte – und zerplatzte.

# Es war einmal
## und nichts weiter

Es war einmal ein Mann, der lebte zwischen hier und dort. Der Mann hatte zwei Beine und einen Esel mit vier Beinen. Wenn der Mann vier Beine gehabt hätte und der Esel zwei, hätte der Mann einen Sack voll Geschichten auf dem Rücken getragen und der Esel hätte sie erzählt. Aber der Esel hatte vier Beine und der Mann zwei und keinen Sack mit Geschichten.

Darum ist die Geschichte von dem Mann mit zwei Beinen und dem Esel mit vier so kurz wie im trockenen Jahr der Flachs auf sandigem Acker ... igem Acker ... Acker ... ker ... übrig bleibt das r, es steht auf einem Bein, ist stumm, kann allein nicht sein und – fällt um.

# Inhalts-
## verzeichnis

II

III

Bibliografische Informationen Der Deutschen Bibliothek

Die Deutsche Bibliothek verzeichnet diese Publikation
in der Deutschen Nationalbibliografie;
detaillierte bibliografische Daten sind im Internet
unter http://dnb.ddb.de abrufbar.

ISBN-13: 978-3-7420-2028-4
ISBN-10:     3-7420-2028-5

1. Auflage 2006
© Domowina-Verlag GmbH
Ludowe nakładnistwo Domowina
Bautzen 2006
Gefördert von der Stiftung für das sorbische Volk,
die jährlich Zuwendungen des Bundes, des Freistaates Sachsen
und des Landes Brandenburg erhält
Lektorat: Ingrid Jurschik, Katrin Zschornack
Gestaltung: Eberhard Kahle
Druck und Binden: Neumann & Nürnberger Leipzig
1/1275/06